CUENTAS PENDIENTES

NAPOLEÓN IVANOTVICH RENDÓN

Bola
PUBLISHING
INTERNACIONAL

ISBN: 978-1-63765-275-6

Hola Publishing Internacional
www.holapublishing.com

Impreso y encuadernado en los Estados Unidos de América

PRIMER E-MAIL.
DE: <MANUEL SALVATIERRA> PARA <RAÚL AYALA>

Después de tanto tiempo he decidido cobrarte todas tus cuentas pendientes y escribir mi historia, nuestra historia. La que no contarás, la que no quieres ver, la inconclusa, la que terminaste, la que niegas a tus amigos, pero que no concluye aún. Esa historia en la que te llamaré Raúl, como en aquella noche que quisiste que te contara cómo te conocí, quisiste ser otro para ver, sentir, vivir cómo contaba nuestra historia. Raúl el mexicano, que no es Raúl, que no es de México, sino de Colombia. Aquella noche viviste nuestra historia siendo otro, siendo tú. La gozaste como era de esperarse cuando la conté con la euforia que lo hice. Si pudieras ver ahora mi rostro y cómo forma una mueca, cómo se quiebra de dolor, cómo mis ojos se humedecen con "lágrimas rotas" que no logran salir por la poca dignidad que me permito tener para que no me vean llorar por ti.

Ha pasado mucho tiempo. Estoy seguro de que este e-mail no lo leerás tan sólo al ver el remitente, pero no importa. Mi corazón y mi alma quisieran una contestación, pero yo, ¿yo? Me conformo con que leas este e-mail, que sepas que aún sigues aquí, no porque no te suelte o me aferre a ti, sino porque soy un montón de palabras que se pierden en la herida de nuestro amor, este amor que aún te tengo…

Transcribo esta carta de meses atrás, cuando estuve tentado a mandártela, al igual que las siete siguientes, que no mande en su momento para no romper la promesa de respetar tu decisión, pero hoy sé que escribo pidiendo "justicia". No es justo que sólo yo sufra por este amor, que a veces se mezcla con el veneno que me dejan tus argumentos para terminar nuestra relación. Todo ese veneno, ese odio, en los primeros meses que te fuiste me mantuvieron cegado, inmóvil, sin saber qué hacer, me mantuvieron vivo, carcomiéndome el alma, pero ahora la razón que me impulsa a escribirte no la sé de cierto. ¿Cómo lucho contra Dios, contra los fanatismos?

"Aunque me cueste la vida, sigo buscando tu amor,
te sigo amando, voy preguntado dónde poderte encontrar,
aunque vayas donde vayas, al fin del mundo me iré,
para entregarte mi cariñito,
porque nací para ti…[1]".

https://www.youtube.com/watch?v=qE8iKzMBRPU

Posdata: esta carta debería terminar con lo que me dijo el destino y la vida; tu sufrimiento cóbraselo caro.

MANUEL.

Terminé de ver *Julieta*, la película más reciente de Pedro Almodóvar, el director manchego de cine que me apasiona con sus dramas y comedias, de quien te hablé infinidades de veces. Sólo que este film me ha dejado con un sabor a ti, porque el fanatismo religioso de la protagonista ha sido un cliché para mí. El personaje de "Antía" culpa a su madre de la muerte en altamar de su padre después de un retiro espiritual. Además, reniega de ser lesbiana. Eso me recordó tu cobardía, tu debilidad, tu destrucción: mi destrucción.

Rompí en llanto como un niño cuando le han arrebatado algo, no supe por qué, si ya te he soltado. Ya no te recordaba, ya no aparecías en mis sueños, pero ahora, al igual que la madre de la protagonista (Emma Suárez), yo también te cantaría una canción de Chavela Vargas, aunque nunca te ha gustado…

"¡Ay cuánto diera yo, por verte una vez más amor de mi cariño!,
por Dios que si te vas me vas a hacer llorar como cuando era un niño,
si tú te vas se va acabar mi mundo, el mundo donde sólo existes tú,
no te vayas no quiero que te vayas,
porque si tú vas en ese mismo instante muero yo…[2]*".*

https://www.youtube.com/watch?v=KbINKn6w7co

Ya no te había escrito, pensé que era lo mejor. Pero cada vez que avanzo, regresas. Te vas, regresas, te vas, nunca te vas del todo, nunca regresas, ni poco ni mucho. Sólo regresan de golpe tus recuerdos, que a ratos también huyen. Parecen efímeros, pero siguen ahí en el pasado, en el presente.

Yo no tengo que tomar un avión para regresar a Colombia. Ella me persigue, me come poco a poco, está en mi piel, dentro de mí me socava. La llevo como cáncer en mis huesos, como te llevo a ti clavado como Cristo en una cruz, sólo que yo te llevo dentro y el dolor no puede irse de viaje. Lo llevo como acompañante, desbarajustando mis pasos:

"cuántas luces dejaste encendidas hasta dentro del fondo de mi alma, yo no sé cómo voy a apagarlas…[3]*".*

https://www.youtube.com/watch?v=Xx-ipu4vs3k

José Alfredo Jiménez es mi mejor acompañante, él sabe lo que es el dolor, él sabe lo que es perder a un gran amor. *Quien ama sabe lo que es martirio.* Me dueles de nuevo, aún te extraño, aunque ya no vuelvas. Quisiera volver a pisar Colombia, olerla, sentirla, vivirla, tan sólo para verte por última vez…

MANUEL.

8

Aún no decido si mandarte más cartas después de esta. Has respondido a una. Tal vez no tenga caso seguir escribiéndote, seguir esta lucha por cobrarte mi sufrimiento, quizá ni te intereses por leer a este hombre testarudo, soberbio, que te escribe desde la asfixia que le encajan las manos de tu recuerdo, que es un golpe bajo en el estómago, un nocaut directo y certero en la herida del tiempo que me obliga a seguir escribiéndote.

He vuelto a ver nuestro video del primer viaje (aunque parece tan lejano, como si me viera en otra vida, en otra época), pero esos recuerdos, esos momentos, siguen aquí. Todos decían que no debía seguir esa locura, aun así, decidí viajar aquel 15 de julio de 2011 a Colombia. Salí de Guanajuato, la ciudad de la que también sigo enamorado. Aquel año seguí lo que me dictó mi alma, era la primera vez que sentía amor de verdad y no podía renunciar a eso, que nunca he sabido cómo empezó. Ahora tampoco sé por qué debió terminar. Tus argumentos me descuartizaron, hicieron que mis partes se perdieran por la vida; se me han clavado como los clavos de *La columna rota de Frida Kahlo*. Decirme que lo nuestra era "el pecado de la fornicación" fue lo más doloroso. Hablaste y definiste a mi amor como únicamente eso. Eso que para ti no es amor, sino "abominación", tal vez sí lo sea, porque este amor me ha hecho sufrir demasiado y ese dolor se desorbita dentro de mí.

Vi el video por el cual empezó tu fanatismo. No sé cómo ha llegado Colombia a ser repositorio de teorías conspirativas. "Extraterrestres que son demonios materializados en cuerpos humanos". Vaya estupidez. Pero así son las teorías de conspiración, son como la maleza que parece inofensiva; va enredándose en el cuerpo y, si no se corta a tiempo, corroe la piel. Van entrando por retazos al cuerpo y en esa desprevenida inseguridad se apoderan de nosotros, como en una especie de golpe de Estado a la razón y la lógica. Lo peor de estas teorías es que se intentan sostener de todo cuanto hay a su paso, por eso se hacen uno con los fanatismos religiosos. Así es como los más incautos son atrapados en sus redes: empiezan dándoles el beneficio de la duda, hasta que son corrompidos y devorados por la araña. En ese espectro que nunca llega a materializarse siempre está oculto el verdadero motivo.

Tú le has dado el beneficio de la duda a una secta que te ha puesto un video de YouTube de una "exiluminati" que dice que se ha revelado contra esos demonios que vienen materializados a la Tierra como extraterrestres y abducen a los líderes mundiales para implantar un nuevo orden mundial. Dice que ahora está protegida por Dios. ¿No te has preguntado, si esa mujer conoce a los Iluminatis y estos le dieron sus conocimientos, por qué no la han asesinado? Conoce cómo van a dominar al mundo, si son demonios/extraterrestres, ¿por qué no le hacen daño? No me digas que Dios la protege. Si no puede proteger a un niño de un cura violador en su propia casa, ¿cómo va a cuidar de ella?

¿Son sus designios? ¿Entonces son sus designios que naciéramos con estos gustos? ¿Que yo me enamorara de ti y sufriera esta agonía? ¡Ah! Pero se me olvidaba, uno tiene libre albedrío, no puedes cuestionarlo, pero un buen cristiano sabe que es necesario cuestionar su fe, puesto que eso la hace más fuerte. "Crucificas a la carne con sus deseos", a la carne no, crucificas a lo que eres, crucificas a tu amor. Me has crucificado a mí también porque es malo ser homosexual, es antinatural. ¿Pero es natural el esclavismo que promueve 1-Timoteo 2-11? Ahora te promueven que Dios, a través de los líderes de tu iglesia, sanará tu homosexualidad.

Las sectas son aliadas de los conspiranoicos o los conspiranoicos de las sectas, esas que toman el nombre de un dios para cometer atrocidades, como las cruzadas, que se cometieron no "contra los infieles", sino para saquear, violar, asesinar. Estos mismos fanatismos llevaron a 918 adeptos a Jonestown, ese paraíso inventado por la secta "El templo del pueblo", donde su pastor, Jim Jones, hizo que se suicidaran con cianuro y él, se presume, con una escopeta. Igual que esos fanáticos que hoy se suicidan porque Alá les dará 12 vírgenes en el paraíso después de hacerse explotar con una bomba en el pecho.

Durante un año y medio oré todas las noches, llorando y pidiéndole a Dios ser "normal", que me curara, que todo lo podía en Cristo. ¿Sabes qué pasó? Nada. No hay nada malo en mí, no estoy enfermo de nada, no hay nada impuro en mí, no hay nada impuro en el amor, no hay nada impuro en amarte…

"Hay en tu voz un dejo triste,
de penas y melancolía,
y a su conjuro el alma mía
se esfuerza por no llorar
es que a los dos nos hizo daño
resucitar las horas muertas
y el corazón abrió su puerta
a la tristeza de recordar[4]".

https://www.youtube.com/watch?v=KmNnvH9xA4M

MANUEL.

No sé, pero el simple hecho de escribirte pensando que me volverás a leer me ha sacado una sonrisa. Me ha puesto feliz. Sé que no puedo sacar conclusiones o ilusionarme de nuevo, pero me agrada que hasta por esta situación difícil pueda sonreír. Creo que ese es el secreto para sobrellevar la tristeza. No sé qué pasaría si llegarás a contestar con una respuesta de esperanza, pero con estas cartas también me libero de lo que no te dije en su momento y que ahora quiero y tengo las fuerzas necesarias para contarlas y contártelas.

"Deja que yo te busque y si te encuentro,
y si te encuentro, vuelve otra vez,
olvida lo pasado, ya no te acuerdes de aquel ayer...[5]".

https://www.youtube.com/watch?v=_wAQGpuj8UI

MANUEL.

Hoy te escribo para que te salves, pero no del infierno. Quiero que te salves de los fanatismos, de esa secta que ahora te ha apartado incluso de tus amigos. No sé qué ocurra dentro de tu mente, ¿pero aceptar terapias de conversión? Emilia no me ha dado otros detalles, pero dice que se lo has dicho. Se ha quedado paralizada cuando la has invitado a que vaya para que deje de ser bisexual, que si no es porque debía pagar el café, hubiera salido corriendo de aquel Juan Valdez. En cualquier rato llegaría tu pastor.

Le he dicho a Emilia que debe denunciar esta práctica horrible y a los que la organizan, que investigue en dónde está ese lugar de terapia, pero ella se ha sentido muy ofendida para investigar, y menos cuando le has dicho que es a las afueras de Bogotá.

Tantas veces creí que esas situaciones ya no ocurrían aquí o, mejor dicho, que únicamente ocurrían en Oriente Medio. Quisiera hacer lo mismo que Emilia; si esa es tu decisión, que te deje. Pero no puedo hacerlo; tan sólo de imaginar que te dan choques eléctricos se me achica el alma y el corazón. Imagino que cada vez te marchitas más, hasta que ya no haya Raúl y seas solamente un espectro que lo único que lo separa de la tumba es la muerte.

"No sé cómo escapar de lo que siento mi amor,
no sé cómo dejar atrás tu huella…⁶".

https://www.youtube.com/watch?v=xS1c3Ssjtts

DE: ‹MANUEL SALVATIERRA› PARA ‹RAÚL AYALA›

Tal vez a estas alturas ya no tenga sentido escribirte. Tal vez fue tan poco tu cariño que ya me olvidaste, pero quisiera que me dijeras, aun después de haber perdido tantas noches, que te hago falta desde el primer día que me dejaste. La vida no es un saco de deseos, supongo que sucede siempre que las cosas buenas no duran eternamente. Sin embargo, este amor parece que durará hasta mi muerte, este amor que vive para ti. Tú eres un pedazo de mi vida que me impulsa a seguirte escribiendo. Odiándote y amándote estoy. Lo sé porque he llegado a maldecirte, luego me arrepiento, echándome a llorar como un adolescente que ha perdido su primer amor y en su alma alberga la esperanza de volver a amar, pero luego no sabe para qué quiere volver... Al igual que yo.

Hoy, antes de salir a Acapulco, busqué mi gorra cubana de Fidel Castro. Siempre me recriminaste que me gustaran "los dictadores" y odiabas mi gorra de Fidel. Eso no fue lo que me hizo recordarte, sino la mitad del llavero en forma de corazón que también encontré. ¿Aún lo recuerdas? Me hizo recordar tantas cosas; allá por mayo de 2011 lo compré. Llevan nuestros nombres cada pieza, como si también nuestros corazones llevaran escritos nuestros nombres desde tiempos inmemoriales, como si hubiéramos estado destinados a conocernos, como si un lazo nos uniera, como si mi alma hubiera tenido que abrirle paso al corazón para enamorarme cuando vio tu sonrisa.

A veces también me siento como si en una pasada vida nos hubiera hecho falta tiempo por vivir lo que vivimos en ésta. Ahora que voy mirando por la ventana del autobús pareciera que también era necesario que tú le aportaras algo de dramatismo a nuestra historia. No sé si tú aceptes mi afirmación, pero era necesario para que nos diéramos cuenta de que podemos aceptar la distancia, el transcurso del tiempo, que podemos suspender nuestra comunicación, pero no podemos evitar el amor que sentimos el uno por el otro. Aunque me digas que lo nuestro terminó, que era necesario terminar, nunca me dices que me has dejado de amar. Me dices que aún oras por mí, aún me bendices, me pides perdón, me recalcas que fue lo mejor terminar, pero nunca me dices que ya te deje, que no me amas. Me repites que estás luchando con lo que sientes y con lo que quieres en tu vida. Qué situación más contradictoria es decir que aceptas que eres gay pero que no es lo que quieres en tu vida. En tu vida quieres a Dios para llenar tu vacío existencial, no podías seguir viviendo una doble vida, como muchos en el mundo gay. Jamás imaginé que ocultarías lo que eras. Siempre pensé que era únicamente discreción, que no hay que andar gritando que eres homosexual sin más, lo vives y ya. Siempre me dijiste que yo era un dramático metido en un personaje. Tal vez sí. Aun después de tanto tiempo de dejarnos sigo aquí escribiéndote. En mi terquedad incesante siempre he creído que nuestro amor es como el verde follaje de montañas y árboles que "en otoño mueren por sus hojas", pero aun en la peor sequía vuelve a enverdecer, como en estos momentos de mi viaje que descubro que no sé cómo explicarlo. Pareciera que este amor que fue faro de guía ahora es una semilla floreciendo, y me hace muy feliz llevarla dentro…

"Podrás cambiar de nombre, de patria, de todo, cambiar tu historia, tu modo, pero por más que borres, que limpies, que cambies, la huella de mis besos tendrás en la cara...[7]".

https://www.youtube.com/watch?v=cpcrhP-tf6s

MANUEL.

DE: <MANUEL SALVATIERRA> PARA <RAÚL AYALA>

Hoy, como la mayoría de los días, después del almuerzo he tomado mi café. Era colombiano, caliente, chispeante, humeante, con el olor y el sabor que me recuerda a tu patria, al tinto de mi suegra, aunque me gustaba más su chocolatito calientico; me recuerda a ti.

En un café quisiera beberme tu recuerdo, beberte en una taza de café; no he logrado hacerlo. En estos días que te he estado escribiendo, a ratos me pongo nervioso, ansioso, con algo de miedo, con algo de tristeza… Es que con cada carta revivo algo que creía olvidado. Revivo tu rostro, el primer beso, y no son tus besos los que son distintos, sino aprendí que en tus labios se guarda el beso mismo. Ningún beso ha tenido el sabor, la pasión, la magia, "la chispa adecuada", como se dio cuando unimos nuestros labios. ¿Recuerdas? Estoy seguro que sí, que no sólo lo recuerdas, sino también que lo puedes volver a sentir. Cierra tus ojos y me verás, me sentirás tal como yo lo he hecho. He vuelto a nacer en cada beso recordado. Qué no diera yo por verte frente a frente y mirar tus ojos cafés, perdiéndome en tu sonrisa para después completar la escena, como en esas películas de los 40, y protagonizar un mejor beso que el de Humphrey Bogart e Ingrid Berman.

A veces no me entristece. Muchas veces dije que te quería y que no te amaba porque nunca me había enamorado, no sabía cómo se hacía eso. Ahora me doy cuenta. No hay instructivo para ello, se siente y se vive. Este amor ha sido mi mejor aventura, mi mejor historia; tengo los más bellos momentos que valen mil cartas más, mil batallas más, pero sobre todo vale mil y una vidas más vivirlo por ti y por mí…

"Por alto está el cielo en el mundo,
por hondo que sea el mar profundo,
no habrá una barrera en el mundo
que mi amor profundo no rompa por ti…[8]".

https://www.youtube.com/watch?v=Z7VDD7XrmKE

DE: ‹MANUEL SALVATIERRA› PARA ‹RAÚL AYALA›

Nunca pensé que respondieras tan rápido, de hecho, no pensé en tener una respuesta. No sé qué sentirías tú al leerme, pero a mí me has revuelto todo. No sé por dónde empezar, mis ideas llegan de bonche, desordenadas. Te diré que la primera carta la escribí pensando en hacer una novela epistolar de nuestra historia, pero sólo dejé la idea en un cuaderno y la olvidé. Tardé mucho tiempo en escribir la segunda carta. Pensé que ya había pasado mi etapa de duelo y que la depresión se había esfumado, pero ver una película, que es la razón de la escritura de la segunda, me hizo saber que no. Así que empecé a escribir cartas y cartas, hasta que hace un par de días decidí mandártelas ayer, que estaríamos cumpliendo cuatro años de relación.

Leerte me ha puesto en una disyuntiva entre lo que quiero hacer y mis convicciones. Quiero mandarte las demás cartas para no quedarme con nada adentro. Me socava tu fanatismo en un libro que tiene tantos errores, horrores y contradicciones.

Mencionas en tu respuesta que yo no quise tu amistad. Así que como en aquella ocasión te lo diré: no podría saludarte como si nada pasó después de lo que vivimos ni verte como un amigo más después de todo ese amor que te profesé. Es por ello que las cartas las escribo desde mi sentir, desde mi soledad, desde mis cinco kilos sin poder recuperar, desde lágrimas mías y nada mías.

Esta carta, como verás, la escribo como me fluyen las ideas, con mi dolor, que es únicamente mío. Míos son los recuerdos, de los cuales quiero quedarme con los buenos, esos de los que no me arrepiento y volvería a vivir en diez vidas más. Tal vez esta vida fue poco generosa, simplemente nos permitió estar juntos tres años y dos meses, tal vez, quién sabe, en otra vida nos toque más suerte. Una vida donde tú no tengas que negarte a ser quien realmente eres, donde no dé miedo ser tú y donde las personas no se aprovechen de ese miedo para robar tu libertad.

"ya no estás más a mi lado corazón, en el alma sólo tengo soledad y si ya no puedo verte por qué dios me hizo quererte para hacerme sufrir más, siempre fuiste la razón de mi existir, adorarte para mí fue religión y en tus besos yo encontraba el calor que me brindaban el amor y la pasión, es la historia de un amor que me hizo comprender todo el bien todo el mal, que le dio luz a mi vida apagándola después...[9]".

https://www.youtube.com/watch?v=hhe9wXtfeAI

POR SIEMPRE EL POETA.
MANUEL.

DE: ‹MANUEL SALVATIERRA› PARA ‹RAÚL AYALA›

Hay heridas que se abren, surcando ríos del tamaño del Magdalena, pero ni sus aguas pueden calmar la sed que me propicia la falta de tus ojos. En mi pecho, el golpe de tu olvido comienza a desgranarme las alas que alguna vez te hicieron caminar sobre nubes, reclamando tu lugar en el mundo, reclamando una eternidad entre los labios de nuestras almas…

Desde que inició nuestra historia he sido tu poeta. Mi mejor poema te lo he escrito a ti, en el libro al cual tú le diste el título. Te he dedicado poemas, libros, artículos, kilómetros de letras nombrándote, nombrándome, nombrándonos; te he dibujado y amado en todo lo que he escrito, por ello no creo que el amor que te di haya sido impuro. Fue la primera vez que le hacía el amor con la mirada a alguien. Tu sonrisa era lo mejor de esas escenas; creo que aún es mi debilidad. Pero a veces, ver esa sonrisa en fotografías también me hace llorar, como hoy, que me recuerda lo felices que fuimos. Y tal vez me contradiga, pero no creo que volvamos a ser felices como antes, aunque deseo que pudiéramos ser más felices de lo que fuimos, juntos como siempre lo quise: hasta envejecer…

"Tú me acostumbraste a todas esas cosas y tú me enseñaste que son maravillosas […] por eso me pregunto al ver que me olvidaste cómo se vive sin ti…[10]".

https://www.youtube.com/watch?v=_k-WJS-7dXI

MANUEL.

DE: ‹MANUEL SALVATIERRA› PARA ‹RAÚL AYALA›

Un hombre delgado, de estatura media, pelo corto y enmarañado, facciones tipo árabes, algo venido a menos en los últimos meses, está durmiendo solo en la pieza de su departamento en el centro histórico de alguna ciudad. No se reconoce al despertar, no se reconoce ni así mismo al verse al espejo, no sabe qué le pasa, por qué duerme más de lo debido, por qué siempre que llega a casa parece haber trabajado en una obra en construcción. El cansancio lo aflige, lo atormenta hasta reducirlo a un cuerpo varado en esa cama que lo conoce y recorre día y noche, sin sentir a ese cuerpo sosegado. La cama parece una extensión de ese hombre, parece que conoce lo que en verdad siente, parece que ella puede ir de un rincón a otro, no nada más de su piel, sino también de sus pensamientos; sabe que en las noches él despierta tres veces, ha sido testigo de su salida imprevista a la cocina, viéndolo regresar con una botella de mezcal junto con un caballito, donde sirve aquel líquido que, después de una copa, lo va a hacer a dormir. Algo inexplicable siendo sólo una, pero así sucede.

Ese hombre que antes era un gladiador romano, sin rendirse, que día a día destrozaba obstáculos, que en sus labios cantaba la gracia de la vida, que con sus manos escribía versos cargados de furia para desbarajustar la tristeza, que sonreía siempre, contrastando con su cabeza de cupido siempre en alto, que desafiaba al luto de esta vida mordiéndole pedazos de estrechas al cielo, ese hombre ahora guarda silencio. Su sonrisa ha caído en desgracia, ha asesinado a su irreverencia, no escribe más versos, camina lento, mirando siempre al infinito de sus adentros. Ese hombre, Raúl, he sido yo...

"En el teatro de la vida yo quiero saber dónde
está mi sitio y cuál es mi papel, todo
cambia y toda gira a mi alrededor en un mundo raro
que ha perdido su color y yo que confundido estoy [11]*".*

https://www.youtube.com/watch?v=wL8grn8M0-8

DE: <MANUEL SALVATIERRA> PARA <RAÚL AYALA>

Siempre voy a anhelar aquellos buenos años a tu lado. Cuando me doy cuenta de que no pasaré el resto de mi vida a tu lado me pongo a llorar. Tantas promesas, tanto amor que me faltó por entregarte. Los besos que me han dado no tienen lo que tienen tus labios. Demasiadas manos, demasiadas caricias, no han podido borrar la marca que dejaste en mí. Este estigma lo llevo a cuestas, como si avanzara con mi cruz hacia el Gólgota, sólo que yo nunca termino de morir ni tampoco resucito al tercer día. Tantas noches románticas que vivimos… aún conservo nuestras fotos reveladas, aún tengo esa foto que te tomaste para mí con la camisa y corbata que eran mis favoritas. ¿Cuánto cambiarías en todos estos años? Aunque aún te reconocería de espalda.

Recuerdo esos abrazos largos como si la vida se nos fuera en ello, esos abrazos que me enseñaron a conocer el aroma de tu perfume y el aroma de tu carne. Reconocería tus labios si sólo los tocara con mis dedos, aunque tuviera los ojos vendados; cada lunar tuyo también. Lo único que no reconocería sería al hombre que eres ahora, ya no te reconocería mío ni yo me reconocería tuyo, tanto que las personas cercanas a nosotros no creerían que somos tan lejanos y distintos.

Tampoco entenderían por qué lloro por las horas en que nos amábamos con locura. Si volviera a Colombia quisiera que fuéramos a cada lugar en que fuimos felices y me dijeras si realmente no te agoniza saber que eso ya no volverá. Tú lo decidiste así. Todos pensarían que lo mejor sería seguir mi vida, que te deje ir, pero no puedo dejar de oír tu voz porque tú tampoco has seguido tu vida. No te atreves a decir que te has equivocado, que tampoco me has olvidado. Me llevas dentro de ti en ese laberinto que es tu ser, me llevas ahí, pero tu ego como minotauro me busca para sacarme de ahí, ese ego que te hace sufrir a ti y a mí por tu necedad de querer tener la razón, aunque tengo que admitir que eres más fiel, pues no has compartido cama después de mí. Yo he ido de sábana en sábana como torbellino queriéndote olvidar, pero no he podido. Una cosa es el cuerpo y otro el corazón, pero de ninguno de los dos te has ido.

Contigo siempre tuve el amor, la pasión y el deseo, por eso no entiendo la fatalidad de nuestra historia donde te engañas a cada paso, cada vez que niegas que alguna vez fuiste gay o cuando vas a la iglesia creyendo que Dios te ha curado. ¿Pero hasta cuándo seguirás así? Sabes muy bien que no estás con una mujer porque dentro de ti sigues teniendo la misma esencia. La orientación sexual también es parte de la esencia de las personas, por eso, aunque no alardeó a cada rato de ser gay, si lo negara estaría negando la creación perfecta que soy de Dios. Él permitió que yo naciera y la genética siguió su curso. Hoy quisiera dormir, despertar de esta pesadilla y zambullirme hasta ahogarme en la feroz felicidad que construimos a diario tú y yo.

"y el recuerdo es un calvario,
y en la cruz de tu partida
va muriéndose mi vida
sin tu amor[12]".

https://www.youtube.com/watch?v=suZGAE2CBHo

¿Cómo se puede odiar y amar a una misma persona? Hoy amanecí odiándote. Ojalá nunca te hubieras cruzado en mi camino. No sé cómo pude aceptar estar con un hombre tan inseguro, inmaduro, sin saber qué es lo que quiere, tan manipulable, sin sentido de la reciprocidad. Eso te define muy bien, Raulito.

Te guardo un gran odio. Antes de ti no me había arrepentido de nada, pero después de ti he llegado a arrepentirme hasta de mi misma existencia.

"Te odio y te quiero
porque a ti te debo
mis horas amargas
mis horas de miel
te odio y te quiero
fuiste el milagro
la espina que duele
y el beso de amor
por eso te odio
por eso te quiero
con toda la fuerza
de mi corazón[13]".

https://www.youtube.com/watch?v=PuYPEEhryrE

MANUEL.

DE: ‹MANUEL SALVATIERRA› PARA ‹RAÚL AYALA›

Me duele tanto haber escrito un libro dedicado sólo a ti y que, al verlo terminado, no te importara nada. Ahí debí haberme dado cuenta de que algo se había muerto en ti y que iba a ser lo mismo lo que me asesinara poco a poco, día tras día, mes tras mes, lágrima a lágrima. Primero el corazón y después el alma. Tardé un año escribiéndolo y al verlo terminado tu respuesta fue "nada". Me dolió como los clavos a Cristo —mete tus dedos en mi pecho y siente mi corazón agujerado, cómo sangra, ve el agonizar de sus bríos, ve cómo cambia de color y pasa a ser negro—. ¿Desde cuándo empezaste a alejarte de mí? Si tan sólo mi padre me hubiera dicho —no llores, tus lágrimas no las merece nadie—, al igual que se lo dijo a mis hermanas, pero en su lugar me dijo: los hombres no lloran. ¿No lloran por qué? ¿Por quién? Yo he vertido mis lágrimas como María de Magdala en su paño y todas han sido por ti.

"Sufro la inmensa pena de tu extravío,
siento el dolor profundo de tu partida
y lloro sin que sepas que el llanto mío
tiene lágrimas negras,
tiene lágrimas negras
como mi vida[14]".

https://www.youtube.com/watch?v=eFq8njahXdI

Ahora lo entiendo todo. No sé si suene o no discriminador, pero eres de una sociedad tan doble moralista que hasta diría que eres de una sociedad más moralistoide que la sociedad de México, y es demasiado decir eso. Pero ¿votar por el No? ¿En serio? ¿El No? Sólo porque el senadorcito Uribe hizo una campaña entre bastidores, pero una campaña valiéndose del fanatismo de Colombia. Él aseveraba que si votaban por el Sí verían a Timochenco en la presidencia, pero no le bastó decir eso para conquistar al país del Sagrado Corazón de Jesús, sino que inició una campaña homofóbica contra el matrimonio igualitario, pues si votaban por el Sí votaban por la ideología de género. ¡Y olé! La sociedad colombiana salto en pánico; prefirieron votar por el No, el no a la paz. Es lo más ilógico de ustedes que después de 50 años le digan no a la paz por los gais. ¿Sabes cómo se le llama eso? Homofobia. Son unos retrógradas y atrasados.

¿Qué se siente que después de tanto anhelar la paz tu país diga no a la paz por personas como tú? ¿Sigues sintiéndote orgulloso de negarte o vas a luchar por tus derechos? ¿Sigues sintiéndote orgulloso de autoflagelarte y hacerle cilicio a tu espíritu o vas a aceptar que Dios te hizo así tal cual? Sí sabré yo, en tu corazón ansiabas que Colombia lavara sus ropas manchadas con la sangre de sus hijos.

"La vida es la ruleta en que apostamos todos
y a ti te había tocado nomás la de ganar,
pero hoy la buena suerte la espalda te ha volteado.
Fallaste corazón, no vuelvas a apostar[15]".

https://www.youtube.com/watch?v=QVzsjSSHfQo

DE: ‹MANUEL SALVATIERRA› PARA ‹RAÚL AYALA›

Lamento que tengas que ser tú el amor de mi vida. Este amor que te tengo me acompaña a lo largo de mi vida, aunque en distintas formas. Por eso, allá donde estés, te llegará mi esencia.

Tú también reconocías que era el amor de tu vida. De tus labios escuché que nunca buscaste demasiados besos, demasiados abrazos, demasiados poemas, demasiadas experimentalidades, demasiadas caricias, demasiados nosotros, pero conmigo lo construiste, por eso te escribo desde la distancia. Estoy escribiéndote desde mis rincones olorosos a ti, con mis ojos también llenos de ti. ¿Acaso no termino de aprender lo que tenía que aprender contigo? Ya no sé si me duele o no que me digas que he sido tu mayor pecado. ¿A caso no hubo otros hombres en tu vida? Tal vez he sido tu mayor pecado: te enamoraste de mí.

Al estar en cada parte de ti, éstas parecían más mías que tuyas. Tus manos eran mis manos. Al iniciar el juego de las caricias, tus pies eran mis pies, tus labios eran mis labios en esos besos largos. En los recorridos de mi lengua erecta sobre tu ombligo, éste también era mío, al igual que tu sexo, que en el campo de batalla era mi sexo. En esas batallas donde ninguno de los dos tenía barreras contra los ataques de nuestros ejércitos hechos caricias nos rendíamos uno al otro. Nadie quería resistir, no estaba en el guion de aquellas sinfonías que presentábamos en la función de medianoche de nuestros cuerpos. Ese cuerpo nuestro que descuartizábamos primero lento y luego sin tregua, dejando nuestras sábanas olorosas a lejía malsana para finalmente llegar a la extremaunción hecha con el alimento orgásmico.

Mantener vivos nuestros recuerdos es una manera de cobrarte, y escribiéndotelos es la manera que tengo para decirte que, cada vez que los niegues, aquí estará esta novela como el expediente fiel de nuestra historia.

"Quizás esté llorando
al recordarte
estreché mi retrato
con frenesí
y hasta tu oído llegué
la melodía salvaje
y eco de la pena
de estar sin ti[16]*".*

https://www.youtube.com/watch?v=kIU1-Q5yl_s

I

Abrió los ojos y los oídos antes de voltear porque sabía que para las coincidencias habría que hacerlo. El calor de la tarde iba cediendo poco a poco, el gris del cielo empezaba a presagiar una lluvia de enero. El café chispeaba y se ondulaba en el aroma recién nacido de su cuerpo. Las personas iban y venían de un lado a otro del zócalo al andador Zapata; parecía que la ciudad, desde que había llegado, estaba suspendida en un círculo plomizo que no permitía ver la vida de la capital.

Los tertulianos reían, jugaban ajedrez, cartas, dominó y hablaban de la situación del país, que en esas charlas parecía menos angustiosa. Todo parecía menos abrumador para ser cierto. *La covacha* se había llenado de jóvenes y ancianos que convivían como de una misma generación.

— ¿Le ofrezco algún endulzante en especial, joven?

—Mascabado estaría perfecto, Silvia. Ah, y ya te dije que me digas por mi nombre de pila.

—Enseguida traigo tu mascabado, Manuel —la chica se volteó sonriendo y entró al mostrador como niña dando pequeños saltitos.

—Aquí está tu endulzante, Manuel.

—Señorita, puede traerme la cuenta.

Con los ojos abiertos volteó, pestañando dos veces, y se dio cuenta de que hay ciertos sucesos que parecen planeados, como si el Universo tomará una fotografía de nuestros pensamientos y después, sin decir más, la lanzara para que suceda, como si por algo místico o de elección trascendental debiera de llevarse a cabo.

Tomó su taza de café, bebió un sorbo pequeño para no quemarse, se levantó y quedó frente a él.

—Parece que no eres de aquí.

—No sólo lo parezco, no soy de aquí —río estrepitosamente, como si contara un chiste.

Manuel respondió sonriendo de manera coqueta mientras ponía su taza y su puro sobre la mesa.

—Aquí está su cuenta, joven.

—Veo que has pedido la cuenta.

—Pero eso se puede solucionar. Tome y tráigame otro capuchino.

—¿Así que eres colombiano?

—Así es. ¿Cómo reconociste el acento? ¿Películas, telenovelas?

—Libros, he leído libros que me han llevado a oír a los escritores, como Fernando Vallejo.

—Ese bobo es un resentido.

—Veo que no es muy querido. Supongo que yo tampoco lo seré si escribo un ensayo sobre él.

— ¿Escribes sobre Vallejo? ¿Eres periodista?

—Estudio literatura.

— ¿Y tú qué haces aquí?

—Estoy porque me dijeron que Taxco es un bonito lugar, vengo de allá y pasé a conocer aquí. Estoy de intercambio en la UNAM, por eso estoy en tu país —su mirada empezaba a encontrarse con la mirada de Manuel, esa mirada penetrante que muy pocos logran sostener por largos hilos de tiempo.

—Interesante. ¿Y podré saber tu nombre?

—Raúl, Raúl Ayala.

La noche había caído sobre la ciudad y un aíre frio recorría las calles de Chilpancingo y circulaba por todo el centro. Parecía que la ciudad tenía una vida que se le había escapado hace años y dos extraños comprobaban cómo regresaba en una escena que pareció leída por un nigromante. Entonces, el cielo encapotado soltó una brizna hecha lluvia que hacía sentir que quería limpiar la suciedad del mundo.

DE: <MANUEL SALVATIERRA> PARA <RAÚL AYALA>

Así comenzará el primer capítulo de la novela que ahora escribo de nosotros. Nadie podrá saber que eso sucedió en la vida real, he cambiado nuestros nombres, aunque los recuerdos son tan reales.

Si me hubieran preguntado cuánto te quería escribir hubiera contestado que ni centenares de libros bastarían, pero ahora quiero que se me agoten las letras nacidas de tus recuerdos, de tu existencia. Quiero ser analfabeto, no quiero renegar más de mi profesión, es una cuchillada que entra profunda y vuelve a salir lentamente de mi espina dorsal. Sí, ahí se sienten las estocadas porque he renegado de ser escritor y eso es alta traición a todo lo que he sido, y ahora que no estás no sé si vuelva a ser lo que he querido ser.

Ya no quiero volverte a escribir, pero muy adentro de mí siguen incrustadas tus amarras que no dejan de quemarme; me dicen que la única forma de apagarlas es escribiéndote. ¿Pero hasta cuándo, Raúl? Sigues sin responder mis cartas. ¿Es que respuesta no merezco?

Estoy solo en mi departamento cuando comienzo a arreglarme. Ya no recuerdo peinarme, yo me miraba en tus ojos cuando tú me peinabas. ¿Ahora en quién me miro para ser yo? Los hombres que han pasado por mi cama no han podido llamarse "el lugar de mi bienestar", ni tampoco se han llevado cada beso, cada caricia, cada mirada tuya hacia mí. Ninguno de ellos ha logrado quedarse, todos y cada uno han sido amantes fugaces. Yo les he negado el amor que aún sigo teniéndote. Ninguno de ellos tampoco me ha hecho olvidar mis lágrimas, ninguno ha santiguado mi corazón, ninguno ha podido borrar el beso escondido que dejaste en mis labios, ninguno de ellos, no importa si era alto, bajo, flaco, gordo, musculoso, bronceado, ha podido arrancarme la pasión. Pero hay algo que me satisface: ninguno me ha podido abandonar como tú. Porque el cobarde para volver a amar ahora soy yo: Manuel Salvatierra.

"Me quisiste lo sé, yo también te he querido,
me olvidaste después, pero yo no he podido,
a sufrir, por amor me condeno el destino,
qué le vamos a hacer yo tenía que perder y perdido contigo…[17]".

https://www.youtube.com/watch?v=wVmsNG6Vm4g

Sigues diciéndome que deje de pensarte, que terminar fue lo mejor. En eso estoy de acuerdo. No sé cómo pude enamorarme de ti, de un cobarde que no puede luchar por su libertad en vez de querer ser parte de un mundo que siempre nos mira con recelo y en secreto nos menosprecia por ser quienes somos. Sí, tienes razón, fue lo mejor. No me merezco una persona tan doble moralista, tan manipulable por un video de YouTube, por una mujer que dice que es exiluminati, que dice que existió la Atlántida, que los extraterrestres son demonios materializados; todas sus teorías son conspiranoicas, de esas que dicen que existen los reptilianos. ¿Qué se siente compartir esa teoría en un perfil de Facebook? El hombre que creó Facebook, Mark Zuckerberg, está catalogado como reptiliano. A veces hasta te compadezco por tu falta de lógica y sentido común.

"Hasta que te conocí
vi la vida con dolor
no te miento fui feliz
aunque con muy poco amor
y muy tarde comprendí
que no te debía amar
porque ahora pienso en ti
más que ayer, mucho más
yo jamás sufrí, yo jamás lloré
yo era muy feliz, pero te encontré[18]".

https://www.youtube.com/watch?v=UnN-yUCSzXo

De ayer a hoy tengo más fuerza para llamarte cobarde y mentiroso. Sí eres un mentiroso que no cumple sus promesas. Mi buena memoria me trajo aquella noche en *La estación café bar*, a ese que fuimos en la víspera de mi regreso a México. Me dijiste que si alguna vez terminaba nuestra relación iba a ser porque yo ya no quería estar contigo, que tú no lo harías. Eras muy feliz. Promesa que no cumpliste. Aquella velada en aquella madrugada romántica que tuvimos me recuerda que no hay reloj más duro que el de la memoria, que a través del recuerdo te dice que jamás volverán a regresar esos momentos felices. Pero a ti se te debe enseñar que no hay que enamorar a quien promesas no le vas a cumplir.

"Yo sé que a donde vayas
llevaras mi recuerdo
y aun en tu alegría
te acordaras de mí
pensaras en la noche
cuando tú me dijiste
que entre nosotros no existe
ni existirá el adiós[19]*".*

https://www.youtube.com/watch?v=sMx3V2Jd_xU

MANUEL SALVATIERRA

II

Dejó que Manuel entrara primero en el elevador. Quince pisos subieron sin mirarse. Iban a la misma altura. Al ir subiendo sólo se alcanzaban a rozar sus hombros. Llegaron al departamento 1517 en la carrera 7° calle 46 de Chapinero de Bogotá. Raúl abrió la puerta, saltó Paco, ladrando y dando volteretas; daba a entender que reconocía al extraño visitante, que ya no era tan extraño, pues lo había visto tantas veces por videollamada después de que su dueño regresó de México.

Manuel jugueteaba con el perro y en su mente se preguntaba por qué en tantas visitas, en tantas coincidencias, Raúl nunca le confesó su enamoramiento, ni él, y se lo dijo justamente dos meses después que él regresó a Colombia. Manuel divagaba en sus elucubraciones a 3700 kilómetros de su país. ¿Cómo había tenido el valor para subirse a un avión y aventurarse a seguir a alguien que había conocido en algunas visitas durante cinco meses y ahora no podía verle la cara? Se limitó a jugar con el perro de su anfitrión. Seguía retraído en sus pensamientos cuando Raúl le alargó la mano y le propuso darle el beso de bienvenida. Manuel se puso delante de su cara. El beso pareció algo infantil por la inocencia del momento. Aunque no era el primer beso, para ellos parecía que sí lo era. Raúl se apartó después de que puso sus labios en los de Manuel y salió por la comida. Manuel se sentó lentamente en la silla del comedor, miró a Paco y, como si el animal fuera a entenderle, le dijo: "No fue su beso lo diferente, lo que lo hace diferente es el beso en sí mismo".

Al desaparecer el atardecer ya era muy tarde para seguir guardando las formas, pero era aún más tarde para seguir postergando la pasión. Entre la tenue luz de una lámpara y la claridad que destellaba la Luna por las ventanas de la habitación, se colaron las sombras de dos jóvenes que se besaban rítmicamente, pasando sus lenguas por sus bocas, y aunque el frío de la noche se hacía presente en la temperatura de sus cuerpos, éste hacía que sudaran como si fueran agua de rosas. Sus caricias eran como un pandero que iba y venía, deteniéndose a ratos, como notas tocadas con violín que simulaban acompañar la lentitud. Ahora, las manos de ambos reconocían el terreno de la isla en la que en los próximos minutos iban a naufragar, después de hundirse en las olas orgiásticas que notificarían al Universo que sus cuerpos de manera legítima se pertenecían uno al otro, y que unidos sólo conformaban a uno solo.

DE: <MANUEL SALVATIERRA> PARA <RAÚL AYALA>

No me fue fácil escribir el segundo capítulo de la novela. Todo lo que ahí he contado sucedió en la vida real tal como lo he contado, con todos sus puntos y sus comas. Te aviso que no me puedes demandar por escribir una novela sobre nuestra historia, te lo digo por si te sintieras mal retratado en ella; los tribunales te dirían que es ficción y bajo ningún concepto se ha respondido una denuncia por ello.

Perdona mi insistencia por querer contarlo todo, pero si a mi editor le convence como buena novela me ayudaría mucho a liberarme de todo lo que me ata a ti. La historia me dejaría de pertenecer, pues dicen que después pertenece a sus lectores, aunque tampoco me gustaría que fuera tanto así, pues ellos qué culpa tienen de tus desvaríos y de mis elucubraciones. En todo caso, me gustaría que tuviera una sola parte de mí esa novela, pero es difícil saber cuánto hay de mí en ella, pues ha pasado tanto tiempo, tantas noches, tantas tardes y tantos días, pero aún sigo siendo el poeta.

"La primavera de mi corazón
contigo no tuvo perfumes,
y hasta mi propia vida
se me fue llenando de desilusión.
¿Qué me dejó tu amor? mi vida se pregunta
y el corazón responde: pesares, pesares...
y el corazón responde: pesares, pesares[20]".

https://www.youtube.com/watch?v=48JxtJSqfDU

DE: <MANUEL SALVATIERRA> PARA <RAÚL AYALA>

Desde que llegué a tu país supe que no iba separarme de ti fácilmente. Detrás de mí estaba México y de frente, Colombia. Colombia, "Colombita", ese país desconocido, inmenso, ese de "verde ramas, verde viento", como lo dijera Lorca en su poema. Ese territorio ignoto me hizo sentirme conectado con la naturaleza, me hizo sentir que pertenezco a un lugar en el mundo, y ahora me pregunto cómo seguir siendo parte de tu país y no siendo parte de ti. No puedo concebir uno sin el otro. Varias veces intenté regresar y no pude. Cada olor a café, a sancocho, a empanadas, a dedos, a lechona, a bandeja paisa, significan tu nombre. A donde siento que pertenezco se llama Colombia, pero Colombia eres tú. En algún momento sentí que fuimos nosotros. Aún veo en mis pies las calles de Bogotá, Pereira, Manizales, Armenia, Salento, Medellín-Medallo-Metralla. Creo que vivo en cada uno de esos caminos, en el viento de Monserrate, en el calor del eje cafetero, en el frío de Bogotá. Y aunque siempre fui un huésped nunca me sentí distante en ese país, fui mitad colombiano y sentí cada vez que regresaba que iba a ser completamente latino o, como me decían ustedes, un verraquito.

"Manantial de ilusión eres tú mi adorado. Mi dicha mi fe, mi pecado, mi canto, mis venas, mi risa, mi llanto, mi luz, mi tiniebla, presente, pasado, verdad y leyenda. Mi día, mi noche, mi sol, mi luna mi estrella mi cielo mi tierra lo dulce lo amargo mi paz mi zozobra amor sin fronteras. Mi día mi noche mi sol mi cielo mi luna mi tierra mi paz mi zozobra de amor lo dulce lo amargo mi dios…[21]"

https://www.youtube.com/watch?v=xERm34AS6uo

Es increíble, pero cierto. Has contestado, aunque sólo a las dos últimas cartas. Ver tu respuesta me hizo pensar en que algunas cosas siguen intactas en ti. No sé cómo ha pasado tanto tiempo. Tus respuestas son menos afectivas, pero ahora me felicitas por recoger nuestra historia, la cual tiene buenos momentos. Además, me dices que se venderá muy bien y terminas despidiéndote con —un saludo desde este país hermano—. No logro entender por qué se venderá "muy bien", si porque soy un buen escritor o porque la novela tiene un gran tema.

Recibir tu respuesta me hace sentirme con un cordel a la tierra o, más bien, me impulsa a seguir escribiendo la novela. Ahora que te respondo (que decir responder es una extravagancia) a un comentario que pudiera entenderse, haz lo que quieras, al cabo para eso eres "bueno". Me siento sin sentido, divagando en un mar sin olas que no me llevarían a ningún lugar, como si me hundieras cada día más en un mar muerto, donde no soy más que un cuerpo rancio, sin poder siquiera naufragar. No queda más que hundirme, hasta que mis pulmones se llenen de agua y sal y mis ojos los tapen moluscos dispuestos a escupir su tinta negra sobre mi propia miseria y borren así mi vista, esa que mira mi decrepitud, hasta que pase un pez sierra, me atraviese el torso y que junto con la memoria se convierta en olvido. Agradezco la muerte.

"Por eso aún estoy en el lugar de siempre, en la misma ciudad y con la misma gente para que tú al volver no encuentres nada extraño y sea como ayer y nunca más dejarnos. Probablemente estoy pidiendo demasiado, se me olvidaba que ya habíamos terminado, que nunca volverás, que nunca me quisiste, se me olvidó otra vez que sólo yo te quise...[22]".

https://www.youtube.com/watch?v=g5rsnxJWNkM

MANUEL SALVATIERRA.

DE: ‹MANUEL SALVATIERRA› PARA ‹RAÚL AYALA›

Hoy me desperté tocando mi entrepierna. Una cosa me llevó a recordar nuestras noches más memorables y excitantes, que me sirvieron para la autosatisfacción. Hace mucho que no utilizaba nuestros recuerdos para saciar en solitario mi deseo corpóreo. Tanto ha pasado, pero aún guardo la caricia, cada mirada morbosa, cada palabra erótica al oído, cada beso, cada mordida. Recuerdo el camino de tu ombligo, tus pies, recuerdo también la silueta de tu espina dorsal hasta las curvas de tus glúteos, el ir y venir por tus lunares con mi lengua, y cada orgasmo, para no mencionarte otros apéndices… Nunca imaginé que podía eyacular con tanta satisfacción.

Mi cuerpo te recuerda, como si se hubiera quedado acostumbrado al tuyo. Me perdí en los buenos recuerdos de cama, me vi creado por tu mirada deseosa de mí, como si para existir dependiera de ello; como si al mirarme tú, yo tuviera brazos con que tocarte, pecho para postrarte en él, piernas para seguirte, rostro para comprobar que soy yo, labios para besarte, ojos para verte y voz para nombrarte entre palabras y suspiros.

¿Por qué me tardé tanto en entenderlo? Pasé de cama en cama, de ciudad en ciudad, que mucho tiempo después me harían detenerme para darme cuenta de que por ahí no era la salida, que por más que intentara olvidarte en otras bocas no me resultaría para bien. Tú sigues aquí castrándome el corazón y el alma, a lo lejos, distante, separado, pero a la vez tan cerca de mí; tan cerca del cielo y a la vez tan lejos de ti.

Tanto lo pienso que me pregunto repetidas veces, ¿cuándo va a volver la vida? O mejor dicho, mi vida. Cómo quisiera que fuera una suerte de apocalipsis "GarcíaMarqueano", que todo se fuera con la lluvia en "cuatro años, once meses y dos días", pero es como si trajera el cataclismo de Macondo y los *Cien años de soledad* me aprisionaran con fuerza por dentro, negándose a salir. Aunque pasen los cien años, la vida me amenaza con seguir en vilo, sin fecha de cuándo volver a comenzar.

Es por eso que escribo, porque en la ironía de escribir con dolor siento que vivo en cada letra, en cada párrafo, en cada cuartilla. Y aunque después de tu carta más larga tus respuestas son muy escuetas, siento la necesidad de volverte a escribir. Eso me da la señal de que aún existes y que aún vives en el mismo país que siento como mi segunda patria; recordarla me saca del limbo en que vivo y que después el desasosiego de la realidad me quita, volviendo a recordar dónde estoy.

"Pensaras que a qué he venido si ya todo a terminado, piensas que cariño pido, pero te has equivocado […] Sólo vengo a reclamarte que me des mi corazón, el corazón que una noche muy confiado te entregué y sin ver que lo engañabas en tus manos lo dejé. Ya veo que me lo devuelves, pero yo te lo di entero en pedazos no lo quiero, te puedes quedar con él...[23]".

https://www.youtube.com/watch?v=STP5utPVopI

MANUEL SALVATIERRA.

III

Las balas cruzaban de un lado a otro. Todos gritaban. Tirados en el suelo, Manuel y Raúl abrazaban a su perro afuera de un centro comercial. Paramilitares les disparaban a guerrilleros que querían escapar. Las balas rebotaron de los edificios y ventanas, las personas gritaban, corrían, se desmayaban, unos se tiraban al suelo, como los jóvenes del perro.

—Si es la última vez que te veo, quiero que sepas que jamás me arrepentiré de haber tomado esa taza de café contigo.

—Raúl, aprieta mi mano. Vamos a salir de esta.

—¿Has oído? Han matado a alguien —las balas sonaban detenidas por la carne de un cuerpo, luego otro; parecía que les decían a los oídos de Manuel y Raúl los últimos suspiros de quienes les decían que no los olvidaran—. Dime que también lo has escuchado.

—No quiero levantarme. Raúl, abrázame —el perro aullaba y temblaba en medio de los jóvenes temerosos—. Tengo miedo no me sueltes.

Un paramilitar les puso las manos en las espadas a la pareja, gesto que hizo que el perro ladrara. El militar les dijo que todo había pasado, que esos hijuemadres habían cometido el error de venir a la ciudad.

—Esos gonorreas comunistas no se atreverán a venir otra vez —dijo el policía.

Más tarde, Manuel y Raúl verían en las noticias que lo que se pensaba que era una bomba en una maleta era una despensa, lo más seguro para familiares quedados en la ciudad. Ya no pudieron probar los alimentos, sino que sólo probaron la muerte.

—No me explico aún cómo pudieron votar por Álvaro Uribe dos veces, y dicen que los mexicanos no sabemos elegir —dijo Manuel mientras apagaba la televisión y cerraba todas las ventanas de la habitación para evitar cualquier gota de realidad del mundo bestial en que vivía.

DE: ‹MANUEL SALVATIERRA› PARA ‹RAÚL AYALA›

Tú estarás de acuerdo que aquel suceso sólo podía contarse en forma de novela, aunque ahora que lo pienso, en Colombia, como en México, todo es posible. En América Latina es pan diario la muerte, la desestabilidad económica ha hecho estragos. Por lo menos, cabezón, me dio gusto saber que, a pesar de tus prejuicios y la campaña de Álvaro Uribe Vélez, votaste por el "sí" a la paz de Colombia. Tuve la idea rondando mi corazón de que votarías por el no, con eso que era el "no" para las bodas homosexuales, era el "no" a toda la ideología de género, pero te repito que al saber que votaste por el "sí," mi corazón y la mitad de mi alma colombiana se regocijaron.

Para mí fue como ver la caída del muro de Berlín en 1989. Cómo hubiera querido estar contigo ahí y besarte como aquel marinero que besó en Manhattan a una enfermera al final de la Segunda Guerra Mundial. No me hubiera importado nada más que haber ganado por lo menos una paz simbólica, pues las muertes ocasionadas por los paramilitares y la guerrilla seguirán ahí, vivas latentes, en la mirada de una madre, en las manos de una hermana, en los besos de una abuela; ahí van a estar, en todos los que ocasionaron esta guerra atroz, sin sentido. Ojalá que algún día todos paguen y que Álvaro Uribe deje de tener todo el apoyo de personas comunes, de a pie, que siguen creyendo en él y pague por todo el mal que le ha hecho a Colombia.

Aunque la guerrilla tomará parte del pastel, haciendo su partido, llevando ministros, senadores. Por eso, yo, desde lejos, como si fuera un exiliado de Colombia, de tu casa, de tu ciudad, de tu corazón, pido porque algún día llegue la verdadera paz a ese gran país y que un día se esfume la doble moral, todo el dolor, como si fuera el humo del pasado quemado y fumado.

"Yo nací en las bellas playas caribes de mi país, soy Barranquillera, Cartagenera, yo soy de ahí soy de Santa Marta, soy Monteriana, pero eso sí yo soy colombiana, ¡oh! tierra hermosa donde nací[24]".

https://www.youtube.com/watch?v=y2iX06AtWd8

DE: <MANUEL SALVATIERRA> PARA <RAÚL AYALA>

Ayer llegó Marcelo. Nuestro amigo argentino me trajo más que un disco de tangos y más que un vino con su visita, me trajo la nostalgia que después de mucho tiempo me invadió, y por eso vuelvo a escribirte otra vez. Recordé que alguna vez dijimos que podríamos vernos en México los tres: el mexicano, el colombiano y el argentino.

Fui al Aeropuerto Internacional de Acapulco por él. Estaba feliz de recibirlo en la ciudad en que nací, crecí y, dicho sea de paso, hoy sería como Bogotá en aquellos años de oscura agonía. Hoy, mi ciudad también llora la desgracia. Y al estar ahí parado viendo a Bogotá en Acapulco y Acapulco siendo Bogotá, tuve una sensación de vacío y de vergüenza al no estar cumpliendo la promesa de recibirlos a los dos. Sé que yo no fui el que decidió no venir desde Colombia, pero me dolió tal vez porque me di cuenta de esta segunda promesa incumplida por parte tuya. Además, me dolió pensar en las tantas veces que planeamos tu regreso a México, la comida con toda mi familia, el beso en el "callejón del beso", entre otros lugares más.

Me siento culpable por no estar completamente feliz por la llegada de Marcelo, por tambalearme a cada rato por tu recuerdo, por estar sensible al oír cómo le cuenta a mi madre cómo nos conocimos en Salento. Me sienta mal estar vulnerable por ti, Raúl, y por no poder olvidarte. Hoy en la noche que saldremos a tomar una copa le contaré todo a Marcelo, el por qué no estás aquí, pues tú no le contaste.

"Era para mí la vida entera,
como un sol de primavera,
mi esperanza y mi pasión.
Sabía
que en el mundo no cabía
toda la humilde alegría
de mi pobre corazón[25]".

https://www.youtube.com/watch?v=IQFcpuYi8L4

Hasta ahora que te vuelvo a escribir veo que me prohíbes que le cuente a Marcelo por qué me has terminado (qué bueno que ya lo aceptas). ¿Tú quién te has creído para prohibirme lo que puedo contar y lo que no? Tú, que le has dicho a Marcelo —Si eres mi amigo no me vuelvas a preguntar por él—. Por eso me alegra haberle contado todo y que conozca quién realmente eres: un fanático, hipócrita, un bobomarica y uno más de los conspiranoicos que creen que todos los presidentes de Estados Unidos y todos los "papas" son el anticristo, iluminatis, masones, extraterrestres dentro del cuerpo de los líderes mundiales. Deberías enviar tus creencias en un rollito a *Los expedientes secretos X*, a ver si no te las devuelven.

Marcelo me mostró una foto tuya en Facebook, espero que no lo bloquees como a mí. La verdad es que no te reconozco sin esa sonrisa que delataba tu felicidad, hoy es algo que te falta, también ese brillo en tus ojos, por eso tampoco reconozco tu mirada; está perdida física y metafóricamente. Te ves perdido. ¿Por qué, Raúl Ayala? ¿Por qué te haces sufrir tanto? ¿Cuál es tu Dios que te va haciendo cargar esa cruz? ¿Por qué te empeñas en castigarte y en hacer sufrir a tu corazón? ¿Qué va a pasar cuando te vuelvas a enamorar de otro hombre? ¿Hasta cuándo vas a seguirte negando? Yo lo que pido es que cuando llegue el día en que conozcas a alguien sea como la canción de Naila:

"Y no le pido yo al cielo que te mande más castigo,
que estés durmiendo con otro
y soñando conmigo…[26]".

https://www.youtube.com/watch?v=WXSzTjXH3Lg

Marcelo está a punto de irse. Intenté, hasta donde pude, olvidarme por un momento de ti, aunque a ratos me extraviaba en la nostalgia y en el coraje. Hice que Marcelo disfrutara su paso por Acapulco, de aquí se va a Yucatán. Antes de irse hemos platicado, le he contado de Franco, un piloto que conocí hace tiempo en Guadalajara que quiere salir conmigo, y me ha dicho que es momento para que me dé una nueva oportunidad de acercarme a otras personas. También es verdad que me ha dicho que no te mereces mis lágrimas, que no te mereces mis nostalgias, mis dolores en el alma, mis tantas noches de desvelo, tampoco mis naufragios en el mezcal, ni tampoco mi poesía, ni te mereces mi cuerpo varado en la cuaresma. Me ha dicho también que no debo sacrificar mis sonrisas, mis risas, mis alegrías, mis deseos, que no debo sacrificar mi cuerpo ansioso de "despertar" como toro embravecido sobre quien entre al ruedo. Por eso he decidido darme la oportunidad y dejar de escribir la novela. Después veré qué hacer.

"Quiero emborrachar mi corazón, para apagar un loco amor que más que amor es un sufrir... Y aquí vengo para eso, a borrar antiguos besos en los besos de otras bocas... Si su amor fue 'flor de un día' ¿por qué causa es siempre mía esa cruel preocupación? Quiero por los dos mi copa alzar para olvidar mi obstinación y más la vuelvo a recordar[27]*"*.

https://www.youtube.com/watch?v=27GnypWq2vc

¿Manuscrito de un diario impublicable?

No sé por qué escribo en este improvisado diario, ahora todo lo quiero escribir, tal vez porque a través de lo que escribo también vivo.

Yo vivo en una patria de letras, en un país de lenguaje, aprendido en la poesía del cante jondo de Lorca, en el galopar de los caballos de León Felipe, en la lucidez de los sonetos de Sor Juana, en los Cantos de Proserpina del padre Daniel Baruc. Vivo también en ese lenguaje de la novela, en las regiones más transparentes de Fuentes, en la ciudad con sus perros de Vargas Llosa, en los páramos de Rulfo, en los recuerdos y sus porvenires de Elena Garro, en el *Dulce cuchillo* de Ethel Krauze, en el *Corazón de plata* de Kyra Galván y en los *Amores que matan* de Rosa Beltrán. Esa es mi casa literaria, todo nace para que habite ahí, por eso creo que ahora escribo, pues dejé de escribir una novela a una persona de mi pasado. Me quedé acostumbrado a hacerlo a diario, tanto que hoy me siento mal si no escribo algo, por eso tomé esta iniciativa casi infantil, por no tirar al olvido mi pasión.

¿Segundo manuscrito de un diario impublicable?

Ha amanecido. Es la primera noche que he pasado con Franco en su departamento. Tiene un estilo minimalista, con un estudio donde casi no hay libros, sino aviones a escala; hay de todo tipo, desde militares, como los que él pilotea, hasta cazas soviéticos que nunca existieron más que en Hollywood, pero que a él le hubiera gustado que existieran para pilotearlos algún día.

En la sala compartimos lo escaso de la televisión, pues él ni siquiera tiene tiempo para pensar en verla, siempre está trabajando en alguna base área militar, pero es más porque no nos atrae. Aunque a veces tenemos que aceptar que hay algunas series que nos hacen arrepentirnos de no tener televisión.

La recámara es media amplia y la cama que en ella hay siempre debe tener sábanas blancas; Franco tiene cientos de pares. Aún no le pregunto por qué. Hay un ventanal que da al balcón y tiene buena iluminación, pues el departamento está en el 6° piso. Es hora del desayuno...

¿Tercer manuscrito de un diario impublicable?

Me gusta el amanecer en la recámara del departamento de Franco. Él me ha instalado una mesa para que escriba cuando vaya a visitarlo, que son pocas las veces, pero bien disfrutadas. Sobre todo gozamos del domingo, desde el primer minuto hasta que tenga que volver a la fuerza área. Por eso, la mayoría de las veces no salimos del departamento y nos quedamos largas horas conversando, otras nos vamos al cine; siempre hemos tenido suerte de encontrar una película "bien hecha". Al regresar a casa somos como amantes de pasillo, nos toca galopar en la premura del espacio comiendo cada uno de nuestros rincones.

Eso es diferente cuando Franco tiene los fines de semana libres completamente, así puedo ver cómo la luz mañanera entra por la ventana y los primeros rayos del Sol empiezan a ondularse sobre su espalda; cada rayo del Sol va señalando las pecas que hay en ella. Me gusta mirar cómo duerme desnudo boca abajo, sobre todo porque ya tira la sábana por un lado y deja al descubierto todo ese conjunto de lunares como chispas de chocolate, que si uno se pone a mirar de manera hipnótica, tal como lo hago, se daría cuenta de que parecen un mapa. Franco dice que es Mónaco y que por eso cree que siempre le ha gustado la idea de vivir ahí en algunos años. Yo, la verdad, hace mucho que no pienso en irme del país.

¿Cuarto manuscrito de un diario impublicable?

Juan Pablo, mi hermano, me dice que piense mucho la propuesta de irme a vivir con Franco a Guadalajara. Juan Pablo Sánchez Castellanos es mi amigo de hace ya una década, también es de Jalisco y cada vez que necesito un consejo acudo a él, aunque no sé por qué lo llamo para estos menesteres si es "alérgico a las relaciones maritales". A veces creo que él piensa que trae la vida como carrete deshilachado, como los gatos que tienen siete vidas y creen que el tiempo es de ellos. Además es Géminis y esos siempre andan locos con Saturno y sus anillos.

No puedo negar que mi hermano Juan Pablo tiene razón cuando dice que la libertad tiene precio, y es un alto precio, pues la seguridad es el precio de la libertad. Lo mismo pasa en el amor de pareja, pues exige exclusividad. Escoger a una sola persona para mirarle y enseñarle, eso es lo que no va tanto con él, a diferencia del piloto que quiere aterrizar en tierra, pues a sus 29 años se le puede ir el avión, pero no el tren.

Tengo que aceptar que no es una decisión fácil, pero tal vez con Franco se hace menos indecisa. Es un piloto que, aunque no tiene libros porque dice que el conocimiento es como el viento y las nubes, de todos, ha leído mucho. Es un tipo muy culto de buenos modales que leyó el Manual de Carreño, le gusta el arte, tiene buen gusto, ha viajado a Europa y Estados Unidos. Además, tiene buen físico, es delgado, mide 1.84, blanco, pelo castaño claro, ojos verdes, labios extremadamente carnosos y, sobre todo, entiende mi pasión, que es escribir, respeta mis tiempos de escritura, así como el tiempo que le doy a mi negocio. Pero también pienso que por su profesión pudiéramos tener menos libertades aquí en México, pues en su trabajo hay que ser todavía discretos con el tema de la orientación sexual, a diferencia de mis compañeros de profesión, que tratan con respeto y aceptan a las personas lgtbi. Aunque no es verdad que todos los escritores sean promotores del liberalismo, también hay conservadores de capa y espada, aliados de la extrema derecha. Por eso mi hermano tiene razón, debo pensarlo muy bien y rápido.

¿Quinto manuscrito de un diario impublicable?

Hoy han llegado casi todos los libros que escogí para traer a Guadalajara. También han traído mis dos cuadros de Leonel Maciel que me regaló mi madrina Gela. A Franco le hace mucha ilusión esta nueva etapa en nuestras vidas, dice que le gustaría mudarse a una casa con jardín donde podamos asar carnes e invitar a los pocos amigos que tenemos aquí, los que nos aceptan, respetan y en los que podemos confiar.

He encontrado una caja con mis discos de música, he encontrado uno de Joss Stone que nos gusta mucho. De hecho, éste no lo he comprado yo, sino él. Tiene todavía la dedicatoria. Por eso he recordado aquella fiesta en casa de Isabela Medina y donde sonaba *Fell in Love with a boy*; ahí fue donde nos conocimos, entre tropezones hacia el balcón para huir de aquel calor de tantas personas juntas y del humo del cigarro. Llegamos al balcón y cada uno estaba en una esquina. Nos miramos de soslayo y a los pocos minutos se me acercó Franco, que al ver mi copa me preguntó dónde estaba el vino, pues por todos lados había cervezas. Sonreí y le dije: "En mi camioneta está el vino".

No tomo cerveza, me dijo, así que lo invité a ir por otra botella de vino a la camioneta. Mientras caminábamos al estacionamiento me dijo que conocía a Isabela desde que eran niños, sólo que como era piloto últimamente no iba a sus fiestas y que tampoco era de trasnochar. Esa época fue cuando eran adolescentes e iban mucho a los antros, sobre todo en México en la zona Rosa, y también lo hacían aquí en Guadalajara.

Cuando llegamos a la camioneta me percaté de que se había traído una copa limpia, pues quería estar al aire libre antes de volver a entrar. El humo ya lo había sofocado. Mientras estábamos ahí platicando que la fiesta se había vuelto monótona y que lo único bueno era la música, descubrimos que a los dos nos gustaba la canción que sonaba y también que los dos éramos gais. Era algo evidente, pues estábamos en una fiesta de Isabela y cantando /No matter what it takes/ it´s for you to make/ shoot your shot/, como dijeran en esas películas cliché. Eso es bastante gay. Él y yo nos reímos. Ahí mismo abrimos la otra botella de vino.

Nos sentamos dentro de la camioneta con las puertas abiertas y pusimos música más tranquila que la de la fiesta. Una Michelle Gurevich nos acompañó, entonces nos quedamos mirándonos a los ojos. La soledad de aquella camioneta fue nuestra mejor aliada. Nos besamos y lo que pasó después fue que sobró vino para conocernos más.

¿Sexto manuscrito de un diario impublicable?
¿El último?

Franco y yo nos hemos acoplado muy bien en estos meses. Hemos podido compaginar con el carácter de cada uno, aunque son muy distintos. Estar en Guadalajara me ha sentado bien, estoy dando una clase en la casa de la cultura sobre el "acercamiento a la creación literaria". Me han dicho mis alumnos que es una clase muy didáctica. Antes ya había dado dos veces una clase sobre los "movimientos creativos vanguardistas", pero esa era muy académica.

También es cierto que Guadalajara me gusta mucho por esa combinación cosmopolita con la tranquilidad, además por su gran variedad de vida cultural. Me he encontrado grandes amigos que escriben, unos se dedican al cine, otros a los negocios, recientemente me han invitado a varios negocios. Franco me ha dicho que me asocie con uno de mis amigos, que después ya no me preocuparé por trabajar y me dedicaré enteramente a escribir. Me ha dicho que hasta puede que termine ganando más que él. Por el momento no me apresuro en ello, pero tampoco descarto que sea buena idea. Por ahora disfrutaré esta etapa con él.

Solamente me ha bastado que Andrea me dijera que estás muy mal para volver a recaer en ti. Soy como un adicto que vuelve a caer en su droga, sólo que esta vez sí me ha dolido derrumbarme.

Andrea me llamó ayer para preguntarme que si sé lo que te ocurre. Le he dicho que no, que perdí la cuenta de hace cuánto que no te escribo. Ahora que me lo ha contado, lo único que se me ocurre es tomar un avión y estar ahí contigo apoyándote. Andrea me dijo que lo piense bien, que me relaje, que no sabe por qué me lo contó después de todo lo que ha pasado, pero yo quiero estar contigo ahí diciéndote que todo va a estar bien, que me tienes a mí, que no te va a faltar nada. Te quiero dar mi pecho para que llores como un niño, es algo que debes hacer en estos momentos. Mientras tocaría tu pecho te diría todo va a pasar, sólo confía, aquí está mi amor y mi corazón, que te perdono, aquí estoy yo para ser tu bálsamo, para santiguar tus heridas y tus lágrimas. Te llevo tatuado en mí, que sólo hoy quiero estar contigo. Cómo quisiera que no sufrieras, que esta realidad no te doliera. Quiero que sepas que puedes pedirme lo que sea, sinceramente quiero ayudarte, quiero que sepas que lloro contigo, que sufro contigo; quiero que sepas que mi corazón esta con el tuyo; quiero que me dejes ser tu esperanza porque no quiero que se acabe tu alegría; quiero ir para decirte con mis ojos que las palabras sobran, que todo está bien, que se hará justicia. Espero que me dejes ir a ayudarte a ti y a tu familia.

Hoy yo seré tu luz y tú serás mi luna de octubre,
yo te confortaré,
yo te acompaño en tu soledad,
yo seré tu fortaleza,
yo seré tu animo en tu dolor,
yo seré quien te defienda,
yo seré quien te amé por siempre.
"Pídeme que toque el sol con las manos, o que cuente las arenas,
el desierto al caminar, pero no me pidas que te deje yo de amar[28]".

https://www.youtube.com/watch?v=jqFjZguPkSg

DE: <MANUEL SALVATIERRA> PARA <RAÚL AYALA>

Raúl, no entiendo la feroz tibieza de tu corazón. He terminado llorando al acabar de leer tu carta. ¿Por qué te causas sufrimiento y a mí también? Soy el hombre con quien compartiste 3 años y 2 meses de tu vida, es lógico que te ofrezca mi ayuda. Pensé que este suceso te sensibilizaría, pero me dices que no quieres la ayuda ni la lástima de un pecador. Raúl, en estos momentos lo que menos te tengo es lástima, yo soy testigo del respeto y el amor que le tenías a tu tío Miguel. Sé que no me lo estás pidiendo, pero yo pudiera ayudarte a seguir pagando tu colegiatura en la *Santo Tomás*. Me gustaría que cumplieras tu sueño de terminar tu maestría para comenzar a trabajar para darle una mejor calidad de vida a tu mamá, llevarla a conocer el mundo. Sé que ahora que Miguel ya no está ya no podrás seguir estudiando, eso te duele también, yo lo sé, porque en un país como el tuyo trabajar en una trasnacional es haber tocado casi la gloria. Quiero ayudarte en estos momentos tan difíciles. Tengo que aceptarlo: te quiero, pero mi ayuda es genuina, sincera y, aunque tal vez no me permitas estar ahí, estoy contigo en la distancia…

"Mirando al cielo a un amigo pasado, que se marchó sin aviso, se lo llevó el destino[29]".

https://www.youtube.com/watch?v=kvPu9ZPnmik

DE: ‹MANUEL SALVATIERRA› PARA ‹RAÚL AYALA›

Pensé que lo mejor era no saber más de ti. Empecé a avanzar, mi vida fue cambiando, creí que ya te había soltado, porque sabía que ya no te hacía falta, que lo nuestro tenía punto y era final. Un final que hasta la novela que escribía meses atrás tenía fin. Pero toda la noche te he soñado. Me desperté sobresaltado. Al tranquilizarme me puse frente al computador y vi la barra de contactos de Messenger, no sé por qué, pero decidí saludar a Andrea y, al momento, ella me llamó para contarme. Ahora que caigo en cuenta creo que fue mi intuición lo que me hizo saludarla; sabía que algo me contaría de ti, pero jamás imaginé que me diría que tu tío Miguel fue asesinado por resistirse a un asalto. También me dijo que has regresado a Pereira con tu familia, muy triste y dolido. No sabes cuánto daría por no verte sufrir, por no saber que estás triste, con las mejores telas, si pudiera, secaría tus lágrimas. Cuánto daría por poner mi mano sobre tu espalda para así decirte que todo estará bien, es más, no sabes cómo ansió pedirte tu mano, tomarla y volver a caminar junto a ti apoyándote.

Hoy me he dado cuenta de que no puedo hacerte daño. Mi alma se llena de dolor a causa del laberinto del sufrimiento en que estás. Sé que es un duro golpe para tus creencias si ya decidiste o "dejaste de ser gay". ¿Por qué Dios te castiga así? Sé que estás muy confundido, pero tú no tienes la culpa ni Dios. Las personas sucumben a la maldad que hay dentro de ellos. Aquí no es el diablo, son las personas, no hay otra explicación. En nosotros existe la maldad, es sólo eso, junto con la miseria que sirve de chispazo para encender la pólvora dentro de uno. Porque lo malo nada más quiere tantito y se multiplica estrambóticamente por el mundo…

"Algo quedó de ti,
aunque no quiera y el alma me duela,
vives en mi cuarto
y tu fragancia tendida en el aire,
que a diario respiro
te trae conmigo[30]*".*

https://www.youtube.com/watch?v=a0u2TtBJFLs

DE: <MANUEL SALVATIERRA> PARA <RAÚL AYALA>

Me pesan las palabras, me raspan dentro de la garganta. Son como un montón de flemas que hacen toser. Preferiría tener reseca de letras la garganta para no responderte, pero no sé qué es peor, si tus respuestas o quedarme callado. Nunca me han gustado las sombras del silencio, siempre me han parecido agujas que zurcen los surcos de la vida con borbotones de lágrimas.

Andrea me dice que estás sufriendo y yo lo he comprobado. Ayer por la tarde al despertar te vi sentado en la silla al costado de mi cama, con ojos, pero sin mirada, con tus manos sobre tu pecho achicado, con el cuerpo pequeño, a pesar de ser alto. Es como si fuera una metáfora de lo que pasas ahora. Te vi ahí a mi lado sin color de piel, desnudo, era como si hasta tus lunares se hubieran apagado porque no lucían. También tu pelo se veía enmarañado, crespito a crespito, se veía desordenado, como tu ser lleno de caos, como el caos que nos tocó vivir en Bogotá. Tampoco tu sonrisa estaba presente. Aunque ya me había despertado y abierto los ojos no tuve miedo, aunque después tu imagen se desvaneció. Los místicos dicen que eso sucede cuando hay una conexión espiritual de las almas entre dos personas, los físicos cuánticos, que es la misma vibración de dos entes. Varias veces lo comentamos cuando leímos aquel libro de filosofía tántrica donde dos personas pueden tener una conexión tan cercana que pueden besarse sin necesidad del contacto físico. Yo creo que por ese tipo de conexión y por el amor que te tengo te vi tan claramente.

"Ay, mi amor sin ti no entiendo el despertar. Ay, mi amor, sin ti mi cama es ancha. Ay, mi amor que me desvela la verdad… Entre tú y yo, la soledad y un manojillo de escarcha[31]".

https://www.youtube.com/watch?v=01qUWz6Zt18

DE: ‹MANUEL SALVATIERRA› PARA ‹RAÚL AYALA›

¿Por qué me interesa lo que te suceda si me hiciste sufrir tanto? No puedo avanzar, pero siento que soy egoísta por dejarte ese fango, aunque no sea yo el culpable. Estoy dividido entre la razón y los sentimientos. La razón me dice que siga avanzando, que tú perteneces al pasado, que te perdiste en el camino, te quedaste atado a los fanatismos, amarrado a tus pensamientos rancios, pero mis sentimientos me dicen que te debo ayudar, casi como si fuera mi deber. Algo demasiado irónico, pero me siento triste de un momento a otro, siento que me he deprimido porque me la paso dormido, no quiero estar despierto y, si lo estoy, buscó cualquier cosa para no pensar en ti. Me la estoy pasando de película en película, entre té relajante y aceites aromáticos, por eso sé que mi corazón no aguantará más y volverá a desquebrajarse por saber que estás adolorido.

El amor es tan extraño. Quién diría que de sólo saber que estabas de luto por el asesinato de tu tío, mi coraje, mi orgullo, todo de mí, se esfumaría y se iría por la borda.

En estos momentos comparto tu dolor, tu frustración por haber sido tocado por la violencia atroz que sangra a América Latina. Sé cómo se siente la pérdida de un ser querido, yo perdí a mi padre, tú perdiste a Miguel. La pérdida de mi padre me dolió y tu perdida silenció a mi alma, pero no quiero abrumarte, te mando mis condolencias y un abrazo largo con mi aroma que tanto te gustaba.

"Culpable no he de ser de que, por mí, puedas llorar
mejor será partir, prefiero así que hacerte mal yo sé que
sufriré mi nave cruzará un mar de soledad, adiós, adiós
mi amor recuerda que te amé que siempre te he de amar.
La barca en que me iré lleva una cruz de olvido lleva una
cruz de amor y en esa cruz sin ti
me moriré de hastío[32]*".*

https://www.youtube.com/watch?v=TdPQJivgrXI

Séptimo manuscrito de un diario impublicable

Ya no sé qué decirle a Franco. Me dice que me siente distante, me ve perdido. Me recrimina que paso todos los días en casa viendo películas, tomando Pure Rets porque, según, mis células necesitan descansar. Se lo digo, sobre todo, puesto que sabe que me es muy difícil dormir por la mañana. He optado por ponerle pausa a la película cuando él me llama y pongo música clásica para decirle que me ha dado por terminar mi novela, o a veces no contesto para decirle que salí a caminar o que acompañé a la chica que nos ayuda a hacer la despensa para que vea que no todo el tiempo estoy metido en casa. No sé cuánto va a durar todo esto, ya que si bien le digo a Clarita que se guarde que siempre estoy en casa, un día le va a decir a Franco. Es una especie de ética que tienen las empleadas domésticas de decirles a nuestras parejas que realmente estamos mal y que necesitamos ayuda. ¿Y qué puedo decirle a Franco? ¿La verdad? Siempre me ha dicho que siente que he ocultado mi pasado, la verdad es que mi pasado me persigue. Antes creía que era yo, pero ahora sé que necesito cobrar las deudas que tengo con él, con ese pasado que hoy regresa cuando creía haber avanzado, pero hoy regresa como un ramalazo que muerde y que quema. Por eso estoy hecho un revoltijo. Por el momento seguiré ocultando lo que me sucede, supongo que ya estaré más tranquilo para el fin de semana que venga Franco. Por el momento también esconderé este diario improvisado.

Octavo manuscrito de un diario impublicable

Hoy me he levantado temprano. Me he bañado con agua fría, me da la sensación de que por lo menos la depresión se lava por un rato con el agua y se va por la coladera. Estoy esperando a Franco, espero que llegue pronto y me cuente esa noticia que dice que me alegrará mucho. Yo también quiero contarle algo, pero no sé si es alegre. Dejaré que él me cuente primero lo que me tiene que decir, ya veré si es conveniente decírselo hoy o después. Debo de admitir que es algo que no lo tomé a bien, pues nos va a separar, pero considero que es para bien, pues a mí me ayudaría a pensar en silencio y por apartado mi recaída en el pasado ácido que me consume en la angustia por tomar un avión y salir para ayudar a quien me dicta mi corazón.

Albergo la esperanza de que esta situación lo haga recapacitar, pero con su negativa no puedo viajar. Eso me entristece, por eso no quiero abrumar a Franco con esta situación. Él no se lo merece. Él dice que le oculto cosas, pero le digo que las conocerá conforme pase el tiempo, pues siempre está trabajando. No puedo contarle todo en un día. Le digo que mi vida se la contaré por entregas, como ciertas novelas del siglo pasado, le digo que también así queda en suspenso de lo que me queda por contarle.

Noveno manuscrito de un diario impublicable

Ya se ha ido Franco. Está muy feliz, pero a mí me preocupa su felicidad, pues me ha dicho que va a dejar de ser piloto en la Fuerza Área, ya que tiene suficientes ahorros para irnos a vivir a Mónaco. Él siempre ha querido vivir ahí, sobre todo porque sus conjuntos de lunares en uno de sus glúteos hacen a un país visto desde un mapa. Creo que desde ahí le nació la obsesión, y ahora en mí nace la preocupación, pues no sé qué haremos allá. Ni siquiera me ha dicho cuánto dinero tiene, para cuánto nos alcanza, lo único bueno, entre comillas, de la noticia es que planea empezar a hacerlo en tres meses. Le comenté que, curiosamente, en dos meses estaré en la Universidad de Salamanca. Fui invitado a un congreso de literatura, a lo que con suma euforia contestó que el Universo nos va acomodando todo, que deje empacados mis libros y que por la ropa no me preocupe, que allá compraremos para hacer nuestro nuevo guardarropa. Tal vez acepte su propuesta de que lo espere en España, eso me daría tiempo de pensar qué hacer con mi pasado desenterrado y, a la vez, aunque no sé cómo es Mónaco, me hace ilusión alejarme de todo lo que me ha ocurrido.

Décimo manuscrito de un diario impublicable

Sigo sin dar crédito. Hace tres días que fueron a revisar el departamento; entraron sin avisar, tiraron libros, ropa, revisaron cada traste de la cocina, hasta los tanques de agua de las tazas de los baños. Mientras me esposaban veía cómo volteaban los sillones de la sala y les metían cuchillo.

—Esto es una confusión, voy a demandarlos.

—Guarde silencio, que todo lo que diga puede ser usado en su contra —me dijo el comandante.

Yo no podía entender lo que pasaba. Aparte de que guardara silencio, el comandante me dijo que sabían que Franco era mi pareja y que sería una lástima que yo saliera con que no he cometido ni un delito, ya que a él le gustaría meter a dos maricones en la cárcel para salvar un poco el país. Mis ojos se llenaron de lágrimas y de rabia, pero no cedí a ninguna, pues cedí al miedo de que me golpearan por ser un "invertido".

Estoy en la desazón insoportable. Jamás imaginé que Franco pudiera hacer las cosas de que lo acusan y sé que hay pruebas que demuestran que es culpable. Mientras estaba en el interrogatorio me dolía la cabeza, el cuello, estaba incómodo, todo me daba vueltas y sentía un ardor en el estómago. No sé cómo tuve fuerza para contestar, pues había pasado mal la noche. Antes de que llegara el abogado que mi hermano Juan Pablo me había contratado todavía era culpable porque era "rarito", como Franco, que hizo lo que hizo porque es "rarito"; así me decían los de la PGR, donde me llevaron los soldados, pues yo era civil.

Antes de que me mostraran con pruebas que Franco era culpable, pensaba en él y cómo lo tendrían. Imaginaba que por ser gay era vapuleado verbal y hasta físicamente. Quería estar ahí con él, que supiera que cuando saliera iba a estar afuera esperándole para abrazarlo y decirle que todo iría bien, que nos esperaba Mónaco y empezaríamos una nueva vida alejado de todo y de todos. Entonces vi al comandante a la cara y me dijo:

—Tu noviecito rubiecito va a pasar por lo menos ocho años en la cárcel por tráfico de drogas.

En ese momento me interesaron más los cargos contra Franco que la expresión homófoba y racista del comandante. Ahí supe que por eso revisaron todo el departamento para "encontrar" cocaína. Cocaína que también supe, pero esto ya por el abogado, que Franco recibía de Colombia de parte de sus excompañeros cuando estuvo estudiando en San Francisco. No daba crédito, pero se descubrió que él, mi pareja, con la que vivía y que esto hacía suponer que la conocía, cuando volaba de Veracruz hacia CDMX, en su tarde de descanso salía al puerto con una mochila tipo militar donde metía dos paquetes de diez kilos cada uno de cocaína. Se los daban unos pescadores, que eran la conexión con la lancha rápida que llegaba desde el Golfo de Morrosquillo, la cual contaba con un equipo de ubicación satelital. Trasportaba desde media a una tonelada de cocaína, la mayor carga era destinada a Estados Unidos, donde hay más consumidores que pagan mejor. Los pescadores nada más transportaban los paquetes después de recibirlos en altamar, estos mismos también eran vendedores desde hace tres años y pescaban de vez en cuando para mantener las apariencias con sus compañeros. Franco lo venía haciendo desde hace ocho meses y con las comisiones pensaba irse a Mónaco conmigo.

—Es lo que confesó para reducir su condena. También dijo que tú no sabías nada de esto, por lo que en tres horas podremos irnos —me dijo el abogado ya por la mañana.

No puedo evitar sentirme traicionado, decepcionado por no saber elegir. Otra vez mi corazón entra en agonía. Ya no podré resistir más. Desquebrajado intento unir mis pedazos tan rotos que ya no sé si puedan unir o reconocerse por lo menos entre sí.

Manuscrito final de un diario impublicable

Franco, te envío todo este diario improvisado porque siempre me decías que te ocultaba cosas. Sí te oculte cosas, pero, por lo visto, menos dolorosas que las que tú me ocultaste. Yo sólo te oculté que quería empezar una vida estable contigo, irnos a Mónaco para olvidar mi pasado, pero no en las condiciones que tú elegiste. No sé hasta dónde se fue creando tu ambición, siempre uno cree que sabe quién es su pareja, pero me equivoqué, por eso te envío este diario con tu abogado. No quiero verte, no aguantaría que me dijeras con toda la desfachatez que lo hiciste por "nosotros". Siempre te idealicé como un hombre honesto, pulcro, como un caballero, por eso no te quiero ver. Quiero que sepas que de todos hubiera esperado una traición menos de ti, me traicionaste porque hoy no estás aquí y ya no lo estarás. No quiero verte, me duele que ni haya podido saberlo antes para detenerte o por lo menos tratar de persuadirte. No puedo con la idea de verte ahí sin tu seguridad como persona, sabiendo que jamás volverás a usar tu uniforme, con la mortificación de saber que ya no volverás a pilotear. Nunca me han gustado las despedidas, por eso prefiero que sea así, sin mirar y no reconocerte. Quiero recordar tu imagen como el domingo pasado que te vi tan feliz y emocionado por empezar una nueva vida. Con esa imagen me quedo. Es como si quisiera tener una imagen de algún ser querido cuando muere y uno no se acerca al féretro por no querer quedarse con una mala impresión o tener una imagen que no reconoce por eso del maquillaje, aunque contigo tal vez sería la primera vez que te veo, pues no sé quién eres.

Epílogo de un diario impublicable

Franco, esta carta te la escribí ayer, pero no me decidí a mandártela hasta hoy, porque realmente debo confesar que me duele mucho tu traición. Te veía como mi cuerda de agarre y escape de mi pasado, te empezaba a amar, pero me carcomía mi duelo. Me pesa aún mi cruz, por eso ya no sé qué me duele más, lo que hiciste o ya no poder probar que puedo seguir, que puedo tener una nueva vida. Me empezaba a gustar la idea de tirar todo por la borda, irnos ya y no dar vuelta a lo pasado, pero tengo que aceptar que era más para salvarme yo que en pensar en un nosotros, por eso dejo el departamento. Lo siento, pero no puedo regresar y ver lo mal que me ha salido querer el olvidar el pasado de esa manera; hoy me ha salido peor que antes. No quiero ver la violencia en que dejaron el departamento, por eso he hecho un inventario con mi abogado Carlos Altamirano con cada una de mis facturas de todo lo que he podido comprobar que es mío y obtenido de manera lícita.

Me da tal pena con Maura que sólo he podido hablar con ella por teléfono. Le he dicho cuáles son tus pertenencias y, como tu madre, qué le corresponde. Me he quedado con mi hermano Juan Pablo. Estaré con él hasta que viaje al Congreso de Salamanca, además, me falta un mes para terminar mi curso-taller. Después de Salamanca veré a donde voy. Adiós, Franco, te recordaré como el piloto que no volaba a la misma altura que yo.

DE: <MANUEL SALVATIERRA> PARA <RAÚL AYALA>

Después de contarte lo que me pasó, para hacerte saber
que yo también perdí mi cuerda de arranque, para demos-
trarte que te quiero ayudar de manera genuina, hoy me
respondes que Dios te va a ayudar. Dices que lo que me
sucedió fue por retar a Dios con un modo de vida que no es
el que corresponde, pero dime, ¿tú por qué no has tenido
novia desde que me dejaste? ¿Qué no acaso ya te curaste
o es puro teatro? Que te engañas a ti mismo, me dicen las
personas a tu alrededor. También lo creo. ¿Acaso te volviste ciego y ya no miras a otros hombres? ¿O cuando lo
haces me recuerdas?

Me dices que lo que me ocurrió es por seguir cediendo
a los placeres de la carne, de nadar contra la corriente,
que acepte lo que sucedió —porque Dios es sabio y sabe
cómo hace sus cosas, por eso confió plenamente él—.
¿Entonces que Miguel falleciera en ese asalto fue cosa de
él? Qué mente más retorcida la de creer que Dios anda
repartiendo cruces por ahí y por allá. Date cuenta que te
"ensuciaron el cerebro" con teorías conspirativas de iluminatis. Es absurdo, pero tú creíste que tú y yo fuimos
mordidos por un "cupido negro" que nos unió para que
pecáramos juntos, para que nos fuéramos al infierno. Pero
este "cupido negro" no es más que un demonio materia-
lizado en extraterrestre, o sea que fuimos abducidos por
alienígenas o demonios; creo que tú debes saberlo mejor
y tu video de YouTube, así de estúpido se escribe, mismo
video que explica que el amor de dos personas del mismo
sexo nunca es real, que siempre es un amor luciferino,

malsano. Ahora que lo pienso, debes ir al psicólogo, pues si se lo cuentas a otra persona te tacharía de esquizofrénico y el psicólogo te dirá que has estado expuesto a una información espuria de conspiranoicos que no tienen vida sana y hacen eso para desestabilizar a los demás, para que estén igual.

Nada pasa por casualidad, por eso sigo creyendo que cuando pase tu duelo podrás recapacitar. Porque nada de lo que me has dicho realmente lo crees. Si tan sólo hicieras un desierto interior y exterior descubrirías la verdad y odiarías lo que has estado aceptando como verdad.

"Tú no eres como yo
a ti no te hizo Dios
de carne y hueso
por eso no te tomes el derecho
de juzgar mis sentimientos
ni critiques mi actitud
yo soy un hombre de carne y hueso
que anda en busca de los besos
que jamás me diste tú[33]*".*

https://www.youtube.com/watch?v=WapMGxQHNzc

DE: ‹MANUEL SALVATIERRA› PARA ‹RAÚL AYALA›

Después de la última carta reviso mis e-mails tres días después por resultado de mi viaje a Salamanca, España. Me ha invitado la Universidad a un Congreso de Literatura. Ahora me encuentro en un hostal cuya estructura me recuerda a las casas de Salento, pero éstas son más amplias. Mi piso tiene hasta un escritorio, donde ahora estoy sentado escribiéndote nuevamente, en otro país, con la misma necedad liberadora y la terquedad de cobrarte cada cuenta pendiente, haciéndote saber que no olvido y que todos mis lectores conocerán nuestra historia en aquella novela.

Después de tanto tiempo he vuelto a fumar. Nunca había sentido un antojo tan grande por hacerlo, pero acá ya es medianoche y estoy en el quinto piso, con mi balcón abierto. El techo es de madera, al igual que los muebles coloniales; enfrían más de lo normal, es insólito, pero he podido comprar cigarros *Cohíba*, esos que estoy seguro de que sigues odiando. Aquellos que cuando los fumaba me mirabas con tu mirada inquisidora, pero contigo no era el fondo, sino la forma, pues tantas veces fumamos Lucky Strike mientras hacíamos el amor y sonaba *La flaca* de Jarabe de Palo. ¿Lo ves? Me sigues acompañando en otro país, cada noche, en cada bocanada de humo, por eso, contrario a lo que muchos opinan, no todas las cosas son inevitables. Debería ser inevitable dar la vuelta a las páginas de nuestra historia y cambiar de libro, pero ¿cómo cerrar la novela que escribo ahora? Dicen que los escritores escriben sus mejores obras en la tribulación, en la nostalgia, en los suspiros largos del pasado, en las últimas horas del viaje, en la opresión del alma. Por eso yo no podría dejar de escribirte, porque la noche te mantiene vivo y mis pensamientos te piensan.

Estoy seguro de que si aún estuviéramos juntos hubieras de entrar al estudio y me dirías que me fuera a descansar, que mañana seguiría con más fuerza, pero te diría que aún no. Luego regresarías por segunda vez, con tu pecho ensanchado de tanto aire, para salir acompañado de una reprimenda, pero luego te arrepentirías, como siempre, y me dirías: "Sigo sin saber por qué tuve que elegir a un escritor". Con eso llamarías toda mi atención, pondrías tu mano en mi hombro y con la otra me pedirías mi mano para llevarme como niño a nuestra pieza, donde volvería a escribir, pero ahora en tu piel...

"A tu amor yo me aferro, y aunque ya no te tengo, no te puedo olvidar [...] Que a diario atormenta a mi corazón. ¿De qué manera te olvido? ¿De qué manera yo entierro? Este cariño maldito, que a diario atormenta a mi corazón[34]*".*

https://www.youtube.com/watch?v=uJYH1rMb988

Acá ya ha amanecido. He podido mirar el mar de Portugal. La inmensidad del mar es una analogía de sensaciones y sentimientos desordenados. Siempre he tenido miedo de él, desde que mi papá me enseñaba a nadar y me hundía en lo más profundo para que mi instinto de sobrevivencia reaccionara, pero nunca sucedía así y terminaba casi ahogándome.

Mientras estaba ahí mirando el mar, hace un rato, pensaba en sumergirme y convertirme en un tritón, o soñaba en realidad que lo hacía. Mientras que mis pulmones se llenaban de agua y sal, dando el último resuello de aire, fundiéndome en la espuma del mar, que, a diferencia de Alfonsina Storni, todos sabían la angustia que me acompañaba. Por eso aún siento que el mar es poco profundo para hundir la vida, esta vida misma que compartí contigo. Aunque era muy temprano, el mar se tan veía oscuro, lúgubre, que recordé las tantas veces que prometimos nadar en las playas de Acapulco, y ahora caigo en cuenta de que nunca lo hicimos.

Las personas que me acompañaban del congreso me miraban como a alguien vehemente, con una cara de que está escribiendo la próxima maravilla del arte, sobre todo Mónica Alabreste, una filóloga que ha leído todos mis poemas y ensayos. Ella me sonríe como diciendo "esa novela será magnifica". Mientras tanto, me hundo en la laptop, pues no sabe que lo que escribo tal vez no sirva para novela; son unas cartas que anhelan un pasado. Un pasado aferrándose al presente que sobrevive después de largos años, que aún no desaparece, aún no ha llegado el día en que no seamos nosotros. Tal vez en cuarenta o setenta años ya no seremos nosotros, por eso espero que las cartas me vacíen de ti. Ya no aguanto el estar alejado de tu piel, de tus labios, de tu sonrisa, de tu sexo, de todo lo que eres, fuiste y serás. Para mí, este recuerdo que me salpica como una cortada me hace gritar desde el estómago, pero ya debo dejar esta carta hasta aquí, tengo que dar un taller sobre ficción. Espero que contestes esta carta también.

"Por la blanda arena que lame el mar
Su pequeña huella no vuelve más
Un sendero solo de pena y silencio llegó
Hasta el agua profunda
Un sendero solo de penas mudas llegó
Hasta la espuma
Sabe Dios qué angustia te acompañó
qué dolores viejos calló tu voz
para recostarte arrullada en el canto
de las caracolas marinas
la canción que canta en el fondo oscuro del mar
la caracola[35]*".*

https://www.youtube.com/watch?v=Rrr5YzcbPd4

MANUEL SALVATIERRA.

DE: ‹MANUEL SALVATIERRA› PARA ‹RAÚL AYALA›

Hoy he visitado al Doctor Tommy Steta, el decano de la Universidad. Su casa es como entrar a un museo o a una tienda de nostalgia. En su estudio tiene un Botero original. Contigo fue con quien miré un cuadro de Botero por primera vez —Esto no puede ser más que un Botero— dijimos al unísono. Sonreímos con miradas inocentes, esas miradas de complicidad que teníamos, que ahora son las cadenas que me atan a recordar, eso que me mantiene en la convicción de cobrarte letra a letra mi dolor, haciéndote saber lo que me ocurre a diario. Porque sé que, aunque no contestas todas mis cartas, sí lees cada una que te envío.

Mientras miraba el cuadro me sentí como si me trasladara años atrás, a esa tarde en que después de comer y hacer el amor caminamos hacia el Museo Nacional de Bogotá. Al subir al tercer piso entramos a una sala, donde está el cuadro de Botero. Mi conmoción fue tan larga que pudiste recorrer toda la sala, pues yo seguía viendo mi cuadro favorito, que jamás pensé que pudiera ver con mis ojos cafés. Regresaste y, al ver que estábamos solos, tomaste mi mano, apretándola con la tuya, y me dijiste al oído: "Deberías comprar uno". Carcajeaste después estrepitosamente, entonces entró el guardia y, como si estuviéramos en una biblioteca, nos dijo que bajáramos la voz; estaba tan en su papel de callarnos que ni él ni nosotros nos acordamos que estábamos tomados de la mano (siempre me quejé de que tuvieras miedo de tomarme de la mano en público). En ese momento, después de que salió el guardia, nos vimos a los ojos y nos reímos quedito en complicidad y triunfo.

"Cómo quisiera que me comprendieras
y que al fin sintieras lo que yo por ti,
ya no seas así y dime que,
si yo me conformo con besar tus labios
y estar en tus brazos en la intimidad
no te pido más, no te pido más[36]".

https://www.youtube.com/watch?v=Dsn5qwVrl-

MANUEL SALVATIERRA.

DE: ‹MANUEL SALVATIERRA› PARA ‹RAÚL AYALA›

Mi viaje casi termina y tal vez la distancia me ha hecho entender que extraño a Franco, pero no porque lo ame, sino porque no me gusta saber que se haya perdido en las sombras, en su propia oscuridad. Aún le quiero, pero he descubierto que no he pensado en él porque ya tengo bastante cargando con tu recuerdo. Más que recuerdo, cargo un pedazo de ti que me diste y que aún conservo conmigo. Es como un tejido de estambre enredado en las manos de mi mente, vertebras del recuerdo de mi propia noche que se van apoderando de mí como un barco hundido en el mar, que es devorado por el óxido y el tiempo. Por eso decidí cargar sólo con tu dolor y el mío, que es el canto de un mismo dolor.

"He recibido una cartita tuya
Donde me dices adiós, sin alma…
Yo me pregunto cómo puedo ahora
Seguir viviendo si tú no me amas…
¿Quién tiene tu amor
Ahora que yo no lo tengo?
Dime de quién es
Y quién se ha llevado tus besos...
¿Dónde reinará
El dulce mirar que no siento ya?
Yo no sé
Por qué te perdí sin quererlo…[37]*".*

https://www.youtube.com/watch?v=gi4sZ0uFOG8

DE: <MANUEL SALVATIERRA> PARA <RAÚL AYALA>

Tengo dos días de haber regresado a México. Únicamente he pasado a Guadalajara por mis cosas, pero pronto tendré que irme a Acapulco. Me temo que cogí la gripe; necesito un lugar más caluroso. Me iré a Acapulco, pero no a casa de mi madre, como últimamente hago, tampoco a mi departamento; necesito un poco de soledad, tal vez me hospede en un hotel de caleta, creo que "El Mirador" es el más apropiado para mí. Por ahora no quiero ver a nadie, no quiero mentir diciendo que todo marcha bien.

A cada rato estuviste en mi viaje, en mis pensamientos. No porque aún te quiera, sino que, como aún te maldigo, aún quiero que sufras a cada instante, quiero que implores de rodillas al cielo por hacerme daño y que el cielo no te conteste hasta que hayas sufrido lo necesario, lo que yo he sufrido. Sí, yo soy justo, diente por diente, lágrima por lágrima, naufragio por naufragio, botella por botella. Espero que, como dice mi hermano el güero, uno de tantos dioses me oiga y te logre castigar.

"Piensa en mí
Cuando sufras,
Cuando llores
también piensa en mí.
Cuando quieras
Quitarme la vida,
No la quiero para nada,
Para nada me sirve sin ti[38]".

https://www.youtube.com/watch?v=CjNP30eIEPY

DE: ‹MANUEL SALVATIERRA› PARA ‹RAÚL AYALA›

Hoy desperté en la madrugada con ira. Entré al baño y al salir me senté en el borde de mi cama; deseé ahí sentado que sufrieras, que tocaras fondo, que lloraras cada noche que miraras al horizonte o miraras a la Luna. Volví a pedir que se te castigue por todo lo que he tenido que pasar, pedí verte de rodillas implorando piedad por cada gota que salió de mi alma y pasó por mis ojos hasta mis mejillas. Mientras seguía odiándote, blasfemaba contra la religión, la Biblia y sus preceptos.

Mis manos y mis labios temblaban, sudaban, sudaba desde la frente hasta los pies. Primero me invadió un calor terrible, después un frío estrepitoso. Te vi frente a mí, me decías que no eras igual que yo, que ardería en el infierno. Mientras que trataba de decirte que podrías negar nuestro pasado, pero no borrarlo, y que aquí estaba yo para contárselo a todos y a cada uno que leyera la novela que estoy escribiendo, entonces te vi abalanzándote sobre mí para estrangularme. Por más que te decía que así no cambiarías nada de lo que hiciste conmigo seguías lastimándome. Caí inconscientemente sobre el piso. Al despertar supe que estaba delirando. Tú jamás estuviste aquí ni nunca intentaste ahorcarme; lástima que nada más haya sido mentira esta noche y las otras verdad.

Tuve 42 grados de fiebre. Tuvieron que meterme al baño con todo y ropa, sentándome bajo la regadera para que me cayera el chorro de agua. La ambulancia llegó lo más rápido posible. Si no hubiera sido porque tenía la ventana abierta en la recámara del hotel no me hubieran visto en el piso. Ya te contaré después. Ahora traen mis análisis y la enfermera me dice que no caliente mi vista con el celular y que le dé el número de teléfono de mis familiares.

"Me estoy acostumbrando a estar sin ti
ya no te necesito
tú ya no me haces falta
que bien estar solito
que bien se vive así
me estoy acostumbrando a no mirarte
me estoy acostumbrando a estar sin ti[39]".

https://www.youtube.com/watch?v=cv2gvbirq0M

Ha llegado mi hermano Juan Pablo. No quise llamarle a mi madre. Aunque él podrá estar un par de días acompañándome, tendrá que regresar a Guadalajara por su trabajo. El médico ha descartado el dengue, la influenza, es un resfriado crónico por una descompensación de mi sistema inmunológico. Mis defensas están bajas, pues mi exceso de trabajo no me permite comer a mis horas y las distintas etapas de mi depresión han menguado directamente mi salud. Además, el médico teme que mi tos sea por fumar demasiado y ya sea cáncer, pero he vuelto a fumar en mi viaje a Salamanca. Nunca después de hacerme pruebas del VIH y salir negativo he pensado nuevamente en la muerte ni tampoco he pensado en fumar.

Si muero ahora no podré saber si tú, en algún momento de esta vida, vas a sufrir como yo. Siempre dices que no, pero Andrea me dice lo contrario; sigues muy mal por lo de Miguel. Tú me dices que Dios te defiende de mí, que no luche contra Dios, pero no lucho con él, lo hago contra todo tu fanatismo, contra tu ignorancia, contra tu falta de lectura, contra tu falta de una lectura crítica de la Biblia; no porque sea el libro más vendido, el más leído, tiene que tomarse al pie de la letra. Estoy luchando para cobrarte tus cuentas pendientes conmigo y tengo todavía esperanza de que algún día recapacites de esas ideas tan falaces, espurias y tan faltas de ciencia.

Pero por ahora te tengo que dejar, la enfermera le ha dicho a Juan Pablo que me quite la laptop, que no está permitido.

Sólo sé que Dios no hace porquerías y ser ho-mo-se-xu-al es parte de mi divinidad.

"Digan lo que digan tú vive tu vida, aquí manda siempre el corazón y ahora dime quién se atreve a arrojarle piedras a tu amor por eso digan lo que digan a nadie le importa es tu decisión y ahora el que no lo entienda que no ate cadenas al amor[40]".

https://www.youtube.com/watch?v=BDRf0HxRl2M

DE: ‹MANUEL SALVATIERRA› PARA ‹RAÚL AYALA›

El médico me ha permitido viajar a Cuernavaca. He rentado el mismo departamento que renté hace algunos años. Tal vez aquí empiece a dar clases. Le he pedido a Juan Pablo que me envíe mis cosas que dejé en Guadalajara.

El consuelo de sobrevivir es el de saber que todavía puedo contar nuestra historia en la novela y cobrarte caro todo lo que me has hecho. Te lo cobro todo a través de las letras para que el mundo también sepa el mal que pueden llegar a hacer los fanatismos y los prejuicios, para que tú también sepas que el ayer que es tu pasado no ha muerto. Te recordaré hasta que terminé de escribir esta novela que eres gay, y después los lectores lo harán. Yo espero poder vaciarme al final de ti. Después de haber contado todo y saber que no podrás negar nunca esta novela porque al hacerlo el mundo sabrá que existes, que ni la muerte de tu tío, que era como un padre para ti, te ha hecho cambiar; sabrán que todo es cierto. Es tu condena tu autocensura. Si por alguna razón te vuelves famoso, por muy medianamente que sea, ten por seguro que diré quién es Raúl en la vida real.

"Peor para ti si te quedas sin mí
lo sé porque lo siento
y tú lo has dicho
has dicho que de todos tus amores
yo soy el molde fiel de tus caprichos[41]".

https://www.youtube.com/watch?v=L8idfPgnSAQ

En esta madrugada oscura, fría, he encontrado la foto que tomé del edificio donde estaba tu departamento hace tanto que estuve ahí. Quisiera olvidarlo todo, perdonarte, perdonarme. En esta noche estoy dispuesto, si es que tú me lo pidieras, a regresar contigo, empezar de nuevo. Recordé tantas cosas vividas ahí que sentía muy lejanas, por eso hoy que arreglo mis cosas de mudanza encontré la foto del edificio. Quisiera que me dijeras perdóname, no sé cómo pude creer tantas barbaridades que nos a alejaron uno del otro. Quisiera que viviéramos una aventura, pero esta vez sin las letras del pasado, escribir un libro con un final que no tenga fin.

Hoy quiero tus brazos, tus besos, tus te quiero, quiero escuchar de tus labios el no quiero volver a alejarme de ti, tenerte frente a frente y beso a beso naufragar juntos hasta que se nos olviden las cicatrices del pasado y hacer un trato para conquistarnos cada día siendo libres.

No sé qué me pasa hoy, supongo que la foto me trajo consigo el aire colombiano de julio. Ese aire íntimo, armonioso y arrítmico a la vez. Así éramos entonces. Con armonía nos mirábamos, nos sonreíamos, nos amábamos y con arritmia nos acariciábamos el deseo de uno por el otro.

"Como un tizón encendido, ardiendo adentro mi sangre, tu sombra viene conmigo y no la puedo arrancar. Te llevo por los caminos, como un abrojo prendido, prendido a mi caminar[42]".

https://www.youtube.com/watch?v=5ltN2AsyzXo

DE: ‹MANUEL SALVATIERRA› PARA ‹RAÚL AYALA›

A veces siento que no puedo estar en una relación no porque no pueda dejarte ir, sino porque me duele que yo pueda ser feliz con una pareja. Eso me hace sentir egoísta. Además, yo no soy como tú, que me dejaste solo con la tormenta, si tan sólo me hubieses dado tiempo para quedarme en el ojo del huracán y de ahí verte partir otra cosa sería, pero me tocó el ir y el venir de los vientos que abrieron mi carne, dejando las grietas que me han dolido al suturarlas, aunque a veces, como este día, quisiera ayudarte, quisiera que fueras muy feliz en cada paso, en cada noche, en cada risa. Cuánto daría por leer tus pensamientos y así saber que eres muy feliz sin mi ayuda, pero me hubiera gustado leer tu mente antes de dejarme y así estar preparado.

Tal vez lo que pasó con Franco sea resultado de mi malogrado deseo de olvidarte. Corro rápido hacia aquello para lo que creo que no estoy preparado. Tus heridas son profundas, permanecen abiertas, pues creo que nosotros tenemos la culpa. ¿Qué hacemos aquí recordando lo que fuimos?

Yo quiero cobrarte mi sufrir y tú quieres que no cuente nuestra historia, me lo pides a cada carta, aunque a veces dices que haga lo que quiera. Pero no sé por qué tienes miedo de que el pastor de tu iglesia se entere de tu "pasado gay" si tú ya has sido curado. Supongo que es porque sabes que hay muchas personas que dirían lo contrario, pues te conocen, al igual que yo, y al igual que Dios conoce las entrañas de tu corazón.

"Nunca comprendí tu amor cuando llegó y se fue de pronto
como nube pasajera así llegaste tú y te fuiste
te agradezco los momentos que a tu lado me ofreciste
sólo quisiste divertirte conmigo un rato
luego todas mis ilusiones las dejaste a un lado
porque alguien cercano a mí te calentó el oído[43]".

https://www.youtube.com/watch?v=kbjSigyrdQA

DE: ‹MANUEL SALVATIERRA› PARA ‹RAÚL AYALA›

Aún no supero los olores que son parte de nuestra historia. Supongo que siempre he creído que el cuerpo tiene memoria y mis sentidos son tan malos para olvidar. Tantas veces he querido olvidarte, soplar las cenizas de nuestra historia, pero ¿cómo puedes apagar los incendios del alma si los que soplan son la nostalgia y el dolor?

Entré a una tienda hindú y sus inciensos eran los olores de nuestra habitación, sus aceites eran mis masajes sobre tu espalda, sus cremas eran la manzana-canela de nuestra piel, sus rosas rojas eran el adorno de nuestra habitación, que, emulando a *La virgen de los sicarios*, era el cuarto de las mariposas. La música tántrica era la música de fondo que acompañaba a nuestros jadeos y al estar ahí me doblé del apretujamiento del pecho. Tuve que sentarme afuera del local y respirar lentamente para continuar como muchas veces lo he hecho. He tenido que respirar para vaciarme. Traje a mi memoria aquellos olores, sabores y colores que hicieron la atmósfera de nuestra tarde en el yacusi. Aquella misma tarde que me dijiste —es hora de conocer a mi familia, ahora que regreses estaré en Pereira. Llegarás allá, lo he arreglado todo. Sé que amas el café, creo que más que a mí, por eso recorreremos el eje cafetero y aprovecharemos para que conozcas a mi familia—. Me agradó la idea que no fuera tan pronto, pues no sabía cómo iban a reaccionar, sobre todo tu mamá, que iba a la iglesia protestante, pero seis meses después descubriría que te respetaba y te amaba más que a su religión.

Esto de los olores no es nada nuevo. Cuando entré a un centro comercial me mostraron un desodorante, el mismo que usaba cuando estábamos juntos para ser exactos. Cuando lo olí, mi pecho se contrajo como si una navaja oscura se hundiera dentro de mí. No sé cómo explicar mi reacción física, pero fue lo mismo que me pasó cuando mi primo se puso su perfume Hugo Boss y reconocí que era tu aroma. Esa vez, mi primo Luis me tomó del brazo preguntándome si me encontraba bien. Le dije que estaba bien, que tal vez fue una bajada de glucosa. Yo sabía que lo que me tenía, y me tiene así, es el autosacrificio que tú mismo te has impuesto, pero únicamente es conmigo con quien haces alarde de ello, porque en tu iglesia dices que sentiste el llamado de Dios y ahí estas. Jamás has dicho que Dios sanó tu ho-mo-se-xu-a-li-dad, ¿acaso porque sabes que no es cierto?

"En las páginas del diario de mi vida
tu nombre está escrito en letras rojas
con la sangre que brotó de mis heridas
está escrito casi en todas sus hojas
Ese diario no se encuentra terminado
porque faltan muchas cosas que escribir
él relata mi pasado[44]".

https://www.youtube.com/watch?v=KoKSvciTCq0

IV

Sentado Manuel Salvatierra frente a una copa de ron, en el Restaurante Copacabana de Acapulco, después de presentar su libro en la FILA, se le acercó una mujer. Ella llevaba una baraja española para leérsela a quien sintiera que su destino debía de ser interrogado de esa manera. Manuel jamás había creído en la nigromancia o las artes adivinatorias, pero la mujer le insistió en que no había tenido clientes y necesitaba ayudar a alguien ese día. Manuel accedió a escuchar a la pitonisa que se presentó como "la prieta Valdeolivar".

Manuel se asombraba porque le decía todo lo que estaba viviendo en ese momento. Le habló de los problemas de sus padres, los problemas de su escuela, pero cuando llegó al tema del amor le dijo que conocería a alguien alto, de pelo castaño, güero, de labios prominentes, de alrededor de 23 años, el cual llegaría a cambiarle la vida. Eso fue lo último que le dijo. Manuel Salvatierra tomó 50 pesos, se los entregó a la pitonisa, se levantó y, al voltearse, se rio de su predicción.

Sus tías siempre habían creído en esas cosas, pero Manuel Salvatierra se jactaba de ser antitarotista, pero sí creía en el destino, y esta vez el destino y las cartas habían hablado.

DE: ‹MANUEL SALVATIERRA› PARA ‹RAÚL AYALA›

Jamás he sido supersticioso, ni mucho menos creyente de la nigromancia o del tarot, pero cuando te conocí empecé a dudar de que no tuviera algo de verdad. Aunque siempre he considerado que te conocí por cosas del destino. Vaya, ahora ya no sé para qué.

En aquel mismo café en que nos conocimos estuve casi un año antes de que me leyeran las cartas. Ahí estaba con mi hermana la Maga, bueno, ahí supe que de mi amiga pasaría a ser mi hermana. Estando sentado me preguntó que cómo me gustan los chicos; al empezar a dar las características me dijo —voy a anotarlo para que quede en tu agenda, verás que va a existir y un día lo vas a conocer—. Le dije que debería ser alto, de 1.70 a los 1.75 cm, lacio de pelo castaño oscuro, afeitado, que le gustara el café, que fuera bohemio, que se supiera vestir, que debería tener manos largas, orejas medianas, labios gruesos, sombra de barba, que riera bastante y que me mirara como si viera a un ángel venido del cielo. Tal vez no lo creas ya ahora, pero cuando viste mi agenda dijiste —¡pero estas son mis características!—. Sonreí para mis adentros.

La pitonisa que me leyó las cartas me predijo que te conocería, la he intentado buscar, pero ni si quiera le pregunté si vivía en Acapulco. Quisiera preguntarle, ¿por qué después de pedirme matrimonio delante de tu familia me dejaste a los dos meses? ¿Por qué nuestra historia que inició como una novela hoy no tiene un final feliz? Este final infeliz en que me insultas y te insulto, este final donde no quieres ser gay porque Dios hará que te vayas al infierno. Ojalá fuéramos lesbianas; en la Biblia no dicen nada acerca de las lesbianas. Vaya, se me olvidaba que en tu libro favorito la mujer es un ser de segunda categoría que ni pecar sabe y sólo sirve para procrear, a veces sin que ella quiera.

Me dices que me arrepienta, que inmole mi vida a Dios. Tú me dijiste una tarde que ya era el amor de tu vida, que nunca te habías enamorado hasta ahora, que siempre habías esperado una persona como yo. Quién diría que hoy esas palabras están huecas y que nuestros anillos tampoco significarán nada.

"Tú no sabes nada
de la vida
tú no sabes nada
del amor.
Eres como nave
a la deriva
que vas por el mundo
sin razón[45]".

https://www.youtube.com/watch?v=36JJ0O5dDK8

V

Bogotá, Colombia. 12:30 p.m. 30 de junio, víspera del regreso de Manuel Salvatierra a México. La música dictaba el ordenamiento de la ropa en la maleta. Siempre había sido precavido, pero esta vez no quería que el día siguiente llegara. Guardaba las cosas por tener la costumbre de hacerlo con buen tiempo.

Después de dos meses en Colombia, Manuel debía regrear a su país. En México se suponía que tenía todo: una familia, una licenciatura que terminar, una madre a quien ayudar a gestionar los pocos bienes que dejó su padre al morir. Hubiera querido burlar el tiempo como lo hacía el reloj con las manecillas detenidas en las 6:30, pues Colombia ahora era su segunda patria; tenía promesas que cumplir y otras que esperaba que le cumplieran. Ahí estaba en sus cavilaciones, ya la música había terminado y el silencio era incisivo. Se podían oír sus pensamientos. Al abrirse la puerta vio entrar a Raúl con su camisa favorita y un portarretrato en su mano.

—Sé que ya es algo en desuso, pero sé también que mi poeta es tan bohemio que sabrá apreciarlo. Es una foto con mi camisa que te encanta, pero no es el único regalo. Termina rápido, afuera pronto habrá un taxi esperándonos —le dijo con una mirada tierna.

La ruta que tomó el taxi se le hacía conocida, pero él no podía adivinar hacía dónde lo llevaba Raúl. En la radio sonaba *La Gota Fría* versión vallenato tradicional. Manuel se había puesto el buzo favorito de Raúl, pero ni por eso le dijo dónde lo llevaba. Minutos antes de pedir la parada, Raúl le tapó los ojos a Manuel. Entraron a un lugar donde subieron unas escaleras y al ponerse más o menos en medio de una habitación, Raúl le dijo que se podía quitar la frazada. Manuel Salvatierra saltó de emoción, era "La Estación-café", un café-bar gay en Chapinero. Raúl había mandado a colocar en una parte flores, corazones rojos y en la mesa de centro de la sala donde se sentaron, unas velas aromáticas que atiborraban de romance aquel lugar. Disfrutaron la noche, la música, pero, sobre todo, el amor.

—Manuel, si en algún momento nuestra relación termina va a ser porque tú así lo decidiste, yo no pienso separarme de ti —le dijo Raúl Ayala besándolo.

Regresaron al departamento de sus amigas Paula y Jessica, donde se quedaron aquella madrugada. Entraron a prisa al edificio, a tropezones en la oscuridad, hasta entrar a la habitación. La ventana del balcón difundía una luz tenue que permitía que los amantes vieran y encontraran sus cuerpos aún mejor. Tiraron sus ropas sin preocuparse dónde caían, se tomaron uno al otro, se encontraron, se revelaron ante el deseo y se amaron aún más como si no hubiera un mañana.

Faltaste muy rápido a tu palabra. Aquella noche en *La Estación-Café* me dijiste no me voy a apartar de ti, escribiremos nuestra historia a diario, y entonces pediste que nos pusieran *Por ti volaré* de Andrea Bocelli. También la pusiste antes de salir al aeropuerto. Paula y Jessica te acompañaron a despedirme en el aeropuerto. Al despedirnos lloraste porque me iba, te dije que regresaría. Quién diría que después de mucho tiempo el que seguiría llorando sería yo, llorando de dolor sobre tu ausencia.

"Por ti volaré
espera que llegaré
mi fin de trayecto eres tú
para vivirlo los dos
por ti volaré
por cielos y mares
hasta tu amor
abriendo los ojos por fin
contigo viviré[46]*".*

https://www.youtube.com/watch?v=uTlPPqPodiA

DE: ‹MANUEL SALVATIERRA› PARA ‹RAÚL AYALA›

Paula me ha contado que te han llamado a declarar, porque a tu tío sólo le quitaron los anillos y su reloj y los asaltantes dejaron su cartera con 300,000 mil pesos colombianos. La policía piensa que fue para despistar y que pareciera un robo. Me ha sorprendido que te llamen a declarar no como parte agraviada, sino como sospechoso, pues revisaron los correos de tu tío en su celular, que tampoco se llevaron, y encontraron que había guardado un correo con una copia de nuestras conversaciones de antes, y otro donde te amenazaba con dejarte de apoyar si no dejabas al mexicanito ese y te componías de esa confusión. Recuerdo cómo te pusiste cuando te habló por teléfono, estábamos en Pereira y te dijo lo sé todo, revisa tu correo. Estabas como loco, te recriminabas el haber dejado abierto el Skype en la computadora de escritorio donde leyó y copió todas nuestras conversaciones y descubrió que su sobrino era un jodido maricón. En ese momento se llenó de odio, sacó su lado homofóbico, aunque después parece que lo eliminó de sus recuerdos y no te volvió a tocar el tema, pero tampoco te dijo que te aceptaba como eras o tan siquiera te dijo tolero que seas diferente. Hoy es irónico que después de que quisiera que me dejaras haya guardado una copia fiel que comprueba nuestro pasado juntos, ese pasado que tú quieres negar y ese pasado que te pone como sospechoso del asesinato de Miguel como venganza, pues los "gais son así". Me dijo Paula que te lo dijeron los policías cuando terminó el interrogatorio —son unos gonorreas que no lo dicen en voz alta—. ¿Qué se siente que te interroguen por ser gay? Mira que podrás negarlo, pero se te sigue notando de "aquí a China y con neblina". También me dijo que le dolió mucho que tú, al salir, la miraras sin más, todo porque tú no puedes juntarte con los pecadores y ella es lesbiana. Le he hecho saber que así eres tú: traicionas a las personas que te quieren y que te apoyan.

Eres un egoísta al realizar un "sacrificio" que nadie te pidió, pues autosacrificarse por algo a cambio, llámese "salvación", no es amor a Dios, es alevosía, es hasta inmoral, Raúl. Y así como tú pides por mí, yo también pido por ti.

"Estrella de la mañana", ruega por él,
"torre mística", ruega por él,
"refugio de los pecadores", ruega por él.
"Devuélveme el rosario de mi madre
Y quédate con todo lo demás
Lo tuyo te lo envío cualquier tarde
No quiero que me veas nunca más[47]*".*

https://www.youtube.com/watch?v=L2CJcyKIg8w

En una dictadura te vas o te escapas a otro país. ¿Cómo huir o cómo ocultarse cuando no puedes estar con el amor de tu vida?

Tú dices que Dios mira a todos los gais, entonces, ¿cómo puedes vivir? ¿Cómo puedes ser tú? ¿Acaso no miras a otros hombres? ¿Acaso ya «te curaste" y no te gustan? De ser así, ¿cuándo te pondrás de relación con una mujer? ¿Ya no me recuerdas a mí con mis noches?

Yo me di cuenta de mi orientación sexual cuando me inscribí al taller de carpintería. La carpintería fue uno de mis hobbies preferidos en aquella época de estudiante. Hice varios muebles rústicos que he regalado después. Bien que puedo traer a mi memoria aquel día cuando entre madera, aserrín y herramientas, vi entrar a Alán Gabriel, un chico de Santiago de Chile. Llegó con su pelo castaño claro y chino, ojos miel, labios rosas y definidos, piel bronceada y suave, de mi estatura. Exactamente cuando entró al taller me quedé mirándolo, mis ojos lo recorrieron de arriba abajo, se me erizó la piel y el estómago se me puso frío. Ahí estaba él sin hablar con nadie, hasta que me lo presentó el profesor y le recomendó juntarse conmigo, pues yo tenía la fama de ser el más responsable y aplicado del taller.

Cada vez que hablábamos, nuestro nerviosismo era encendido, era algo primigenio del deseo que aún no sabíamos cómo llamar. Pero nos agradaba estar juntos, tanto que siempre quería estar con él, enseñándole todo lo que sabía de carpintería, así podía rosar sus brazos o tocar sus manos ligeramente cuando le enseñaba a lijar o a cortar con la caladora. Mi fin de semana empezó a ser más llevadero porque el viernes y lunes era cuando lo veía y nunca había esperado el lunes con tantas ansias. Desde el martes al jueves era más o menos monótono, además, hacía tiempo que mis padres tenían problemas en su matrimonio y yo debía hacer algo para olvidarme de ello, pues mis hermanos ya no vivían conmigo. Ahí acrecenté más la lectura. Desde los 8 años leía libros enteros y también se acrecentó mi escritura, ya que desde primer año de secundaria escribía para ganar los concursos literarios. Leer, escribir y la añoranza de verlo hacían más llevadera mi adolescencia.

En aquellos momentos con Alán no había necesidad de definir nada, era el cristal transparente de la inocencia. No fue hasta un viernes que ese cristal fue atravesado por la luz del despertar del deseo. Nos quedamos hasta tarde terminando una mesa, entonces a nuestro profesor le llamaron de la dirección. Como había 3 mesas distintas no sabíamos cuál era la otra que íbamos a lijar, ya no recordábamos cuál habíamos hecho Alán y yo. Entonces nos recargamos sobre los largos bancos de trabajo uno al lado del otro. Los minutos pasaban y el profesor no volvía, entonces puse mi mano en el borde del banco, Alán hizo lo mismo. Nuestros dedos se encontraron entre caricias circulares, de ahí siguieron nuestros ojos y después nuestros labios se conocieron, al igual que nuestras lenguas lubricadas por la salinidad de nuestra saliva. Entonces, por los pasillos sonaron las botas del profesor. Nuestros corazones latían al sazón de la adrenalina y nos apartamos en el momento perfecto en que el profesor abría la puerta y nos dijo que podíamos retirarnos. No hablamos hasta salir de la escuela y cerca de un parque me tomó del brazo hasta llevarme donde no hubiera personas y me volvió a besar, esta vez de una manera más vibrante y azarosa. Un calor recorrió mi cuerpo y se instaló debajo de mi ombligo, esto se repetiría hasta que él tuvo que regresar a Chile. Yo me sentía muy triste. Mis padres, en su enajenación, de mí preguntaban qué me pasaba. Yo atinaba a decir nada y cuando alguien dice nada es que en realidad pasa de todo. Pero obviamente yo no podía decir que estaba así por otro chico, y menos lo que hacíamos en su casa por las tardes. Ya sabía que aquello era una relación homosexual (aunque no pasáramos de la mutua masturbación) y, por lo tanto, lo que pensaban de ello mis padres.

Hablaron con mi tía Angélica, la psicóloga de la escuela. Recuerdo aquella tarde cuando ella me llamó a su cubículo, pues al igual que mis papás, sabía que muchos estudiantes comenzaban a ingerir marihuana, por decir lo menos. Entonces pensó que tal vez eso era lo que me pasaba. Recuerdo que tenía miedo, pero tomé valor y le dije que era gay. Ella suspiró, no me drogaba. Me dijo que era muy normal, me abrazó y me dio un beso.

Le pedí que por el momento no les contara a mis padres. Llegamos al acuerdo de que les diría que mi estado sólo era un estado emocional de la adolescencia. El día que se los dije a mis padres, mi padre me cacheteó y me dijo que era un enfermo. Mi madre solamente hizo lo que dictó mi padre. Me pusieron a leer la Biblia, a escribir planas que decían "soy hombre y me gustan las mujeres". Estaba en un constante estrés, lloraba todas las noches y le pedía a Dios que me sanara; quería que mis padres me amaran otra vez, pero jamás sané, jamás hicieron cambio alguno las planas que hacía. El tiempo ha trascurrido y hoy sé que Dios me hizo tal cual y sé que no hay nada malo en mí ni en ti tampoco, y es lo que deberías saber, Raúl.

"Y qué hiciste del amor que me juraste, y qué has hecho de los besos que te di, y qué escusa puedes darme si faltaste y mataste la esperanza que hubo en mí, y qué ingrato es el destino que me hiere y qué absurda es la razón de mi pasión, y qué necio es este amor que no se muere y prefiere perdonarte tu traición[48]".

https://www.youtube.com/watch?v=LPEWN6smXsk

DE: <MANUEL SALVATIERRA> PARA <RAÚL AYALA>

Cuando me dijiste que aún me querías, pero tenías que sacrificar nuestro amor por amor a Dios, me sentí defraudado, y no por ti, sino por mí mismo, por no saber elegir a la persona que estaría a mi lado. ¿Cuál Dios te pidió ese sacrificio? ¿Bajó un ángel mandado a que te lo pidiera? ¿Cuándo Dios dejó de ser amor? ¿Cuándo amor se convirtió en sinonimia de dolor? Porque si entendieras que el sacrificio es dolor, egoísta, y Jesucristo históricamente nada más ha habido uno, no harías lo que te haces.

Las personas comprenden mal la metáfora de toma tu cruz y sígueme. La cruz para muchos es como el dolor, el sufrimiento, todas las dificultades en sí. ¿Qué clase de Dios anda dando cruces así? Esas nosotros mismos nos las damos, como, tú que has sacrificado a tu corazón. ¿Has oído de las personas hermafroditas? No del mito, sino de lo real, donde la inmensa sabiduría de Dios deja a la naturaleza darle a una persona la decisión de qué sexo tener, o ambos. Entonces, ¿por qué a mí me tiene que castigar por haber nacido gay?

"Igual que en un escenario, finges tu dolor barato, tu drama no es necesario, ya conozco ese teatro. Mintiendo que bien te queda el papel, después de todo parece, que esa es tu forma de ser. Yo confiaba ciegamente en la fiebre de tus besos, mentiste serenamente y el telón cayó por eso. Teatro lo tuyo es puro teatro, falsedad bien ensayada, estudiado simulacro[49]".

https://www.youtube.com/watch?v=R-CpdAtgKQY

DE: <MANUEL SALVATIERRA> PARA <RAÚL AYALA>

Estoy haciendo un dibujo y la mirada del personaje me ha recordado los ojos de mi madre cuando en su cristiana soltura me reclamaba haber perdido mi empleo junto con todos mis ahorros. Después de unos meses en que había ya avanzado mi depresión hacia la mitad del fondo, me reclamó el naufragio de mi cuerpo azotado por la tempestad de tu partida. Jamás le he contado que me abandonaste por el fanatismo religioso y terapias de reconversión hacia la heterosexualidad, porque su aceptación hacia a mí es corta y endeble, creyendo que si tú te "curraste" yo también podría hacerlo.

Durante todo un año viví de mis ahorros y de mi herencia, de bar en bar, de botella en botella, de cama en cama y de cantina en cantina. Cuando el dinero se acabó, perdí mi empleo, mi pasión por escribir, pero sobre todo me perdí yo, algo que hoy quiero evitar a toda costa. Quiero y necesito recuperarme, espero lograrlo rápido, que todo se apeñusque y se vaya como la basura del mundo.

"Sé que tú no has de volver, ni yo lo pretendo;
Soy culpable de tu ausencia, cariñito mío.
Pero si supieras lo que estoy sufriendo
Nuevamente regresarás porque tengo frío[50]".

https://www.youtube.com/watch?v=MS9yOMCj70w

Ayer, después de una cita, al irme a dormir me dio un ataque de ansiedad. No podía respirar, tuve que abrir mis ventanas y acostarme en mi cama de tal forma que pudiera ver la puerta. Me sentía claustrofóbico, tal vez lo soy y no me he dado cuenta. Mi garganta seguía seca aun después de tomar agua.

Pero hoy que ha amanecido mi garganta no se mantiene quieta, quema como el ají de los tacos que comimos en el restaurante mexicano de la 93 en Bogotá. No hay manera de taparlas, hoy mis palabras gritan desde adentro todo lo que me guardé para que la relación se mantuviera "estable"; no cesa, quiere salir de golpe, mi bunker de piel y órganos se ha roto, se ha quedado inservible. Mi cuerpo quiere romper el frasquito donde se ha metido, pues no sabe a dónde se ha ido mi raíz. Los viejos de mi pueblo dicen que está donde queda tu ombligo, supongo que algún doctor se lo llevó consigo para estudiar por qué era tan largo y por azar llegó a Colombia, en su afán de saber de dónde venía conectado; supongo que ahí acabó su búsqueda, que fue larga, y ya no quiso emprender otra para buscar a mi madre o a mí y decirme dónde encontró la punta de mi ombligo. Además, hubiera sido en vano; desde que te conocí supe que esa punta estaba unida a ti y a Colombia, a Pereira, al café, al aguardiente, a la chicha, al sancocho, a la bandeja paisa, a las empanadas, al ajiaco, a la lechona, al chocolate de tu madre y a las arepas, pero sobre todo está unido a ti: tú eres una persona y un país.

Pero hubiera sido mejor no saber. Porque, ¿cómo te jalas hacia la punta de un hilo? No hay manera, y eso es lo que a veces pienso que hago. Intento jalarme hacia ti, pero es imposible si tú no lo haces. Tengo tantas preguntas que te quisiera hacer con mi garganta feroz, frente a frente, y ver qué me dirías con tus ojos y tus labios. ¿Por qué no te fuiste antes si ya sentías el llamado de Dios desde niño? ¿Por qué tenías que invitarme a tu país? ¿Por qué tenías que besarme? ¿Cuál es la razón que tuviste para enamorarme? Si Dios condena a los gais ¿por qué debimos tener innumerables noches de locura y perversión teniendo sexo? ¿Por qué tuvimos que hacer el amor de distintas maneras? ¿Por qué hicimos el amor con los ojos desde que nos encontramos?

Hoy trato de olvidarte, de ser yo ahora que te has ido tan tarde, pero ya no estás. Y aunque no tengo mi raíz, hoy soy feliz porque tengo mi música a todo volumen, pues no hay nadie que me critique por ello. Tengo a mis artistas viejos, pues no hay nadie que diga que está harto de oírlos; disfruto cada nota de jazz con la frescura de la mañana. También olí mis libros al levantarme y pensé en mis cosas de intelectuales, en mis amigos y mis alumnos que sí reflexionan; no hubo nadie que con su cara me dijera que ya iba a hablar de cosas aburridas. Hoy te quisiera agradecer por irte, pero no puedo, lo hiciste muy tarde. Nada más me queda disfrutar de este día sin ti.

"Un poco más
será el alivio para dos fracasos,
y si te vas
llévate al menos mis cansados brazos
al fin que ya te di
mi cariño, mi fe, mi vida entera
y si no te lo llevas qué me importa
que se queden afuera.
Por qué te vas, mi bien,
tan deprisa, no gozas mi agonía,
si la noche se espera todo el día
espera tú también[51]*".*

https://www.youtube.com/watch?v=LMH1JoSNEhk

Eres como una tormenta que me invade todo. Me quemas como un fuego rabioso el alma, que me hace darte mi amor con necedad, despacio, pero constante, con agua y hambre, con el día y la noche, con el Sol y la Luna. Con amor de hombre a hombre.

Conocerte a ti todavía se me sigue haciendo un misterio. Yo soy medio místico y creo que la vida te puso en mi camino por algo. Sin pedírmelo cada día quiero ser mejor pareja, por ahí dicen que una pareja ideal lo es sin proponérselo. Así me siento contigo. Después de mi familia eres el motor que me impulsa, eres mi motivación, mi inspiración, cada día quiero ser más feliz, hacerte más feliz. Gracias a ti he conocido lo que es el amor hacia otra persona, he vuelto a soñar como niño. Aunque no lo creas nunca he estado más consiente e inmerso en la época en que vivo, gracias por empezarme a acompañar en este viaje que es la vida (hoy me siento más vivo y disfruto). Sé que el pasado nos hizo también, pero que ya no existe, sólo como experiencia para no cometer los mismos errores. Sé que no viene al caso decirlo, pero no quiero fallarte. También sé que es incierto, por eso quiero decirte con palabras y con hechos que acepto disfrutar del presente, porque ahí estamos juntos y, si la vida, el destino y los días nos ayudan, vivamos cosas más grandes de las que he vivido.

No recordaba que te había escrito esa carta, o tal vez sí, o quise olvidarlo para no toparme contigo y tu recuerdo. A veces todo lo revuelvo, ya no sé si te escribo cartas a ti o a la novela, se me revuelven las cosas, o quizá ya no sé dónde se une la ficción con la realidad, o tal vez lo haga deliberadamente y se pierda la línea de la realidad con la verosimilitud, pero de todas formas pienso que nuestra historia ya es muy surrealista.

"Cuéntale a quien te pregunte por mí la verdad, aunque te dé vergüenza, diles que mis sueños no los cumplí, que vivo penando por ti, que no ha sido nada de mí, que aquí todo es tristeza. Diles que te quise recuperar que aún no lo puedo lograr y que ya no aguanto más esta terrible condena[52]".

https://www.youtube.com/watch?v=LIaTZoJClso

¿Cuántas cartas te he escrito? Después de las primeras he dejado de contarlas. A veces pienso que escribirte por quererte cobrar lo que me prometiste y lo que me hiciste, en vez de cumplir esas promesas, me parece un tanto frívolo y hasta morboso, tanto que a veces quiero dejarlo de hacer. Pero hoy he ido al centro comercial con mi socio y su prometida a ver los anillos que se había mandado a hacer. No pregunté de qué tipo, pero desde antes los acompañé con mucho esfuerzo. Karla, la chica que nos atendió, sacó un par de anillos que eran justamente el mismo modelo que aquel enero decidiste usar para comprometernos delante de tu familia. Esos anillos que nos había regalado mi hermana por nuestro aniversario de novios y decidiste que deberíamos aprovecharlos para comprometernos, esos anillos que hoy no significan nada. Mi anillo, en un ataque de rabia, lo tiré junto con todos tus regalos que quemé, entre ellas las fotos que hoy parecerían muy lejanas o fotos que no pertenecen a la realidad.

> *"Ya no quiero tu amor, ya no te espero,*
> *ya quiero sonreír, quiero vivir,*
> *si vamos a gozar, Yo soy primero,*
> *al son que yo les toque han de bailar.*
> *Pa' de hoy en adelante yo soy malo,*
> *sólo cartas marcadas has de ver,*
> *y tú vas a saber que siempre gano,*
> *no vuelvas, que hasta ti te haré perder[53]".*

https://www.youtube.com/watch?v=w3ZCnl8YF5c

DE: ‹MANUEL SALVATIERRA› PARA ‹RAÚL AYALA›

Esos momentos en que no sabes a dónde perteneces ni sabes a dónde ir, esos momentos donde el pasado pierde significado, puesto que descubres que patéticamente es lo único que te ata a este mundo, entonces regresas a los viejos sitios donde amaste la vida para darte cuenta de que nada existe y nada puede regresar. Hoy es uno de esos días en que me he sentado queriendo un abrazo de ágape y es negado, al igual que el abrazo de Eros; lo único que recibo es el rostro de una persona cuyo hechizo es el del abismo.

Te das cuenta de que *uno simplemente puede volver a los sitios donde amó la vida* para darse cuenta de que lo único que regresa es uno mismo o tal vez ni uno mismo o sólo uno con sus pedazos para saber que lo que sucedió ya no vuelve, porque el pasado ya se ha ido…

"Uno vuelve siempre
a los viejos sitios
donde amó la vida
y entonces comprende
cómo están de ausentes
las cosas queridas
por eso muchacho no partas ahora
soñando el regreso
que el amor es simple
y a las cosas simples las devora el tiempo[54]*".*

https://www.youtube.com/watch?v=AJZfVChI55E

DE: <MANUEL SALVATIERRA> PARA <RAÚL AYALA>

He estado con una mujer, porque tal vez mi padre tenía razón y me faltaba estar con una. Descubrí que no es lo mismo. Sus manos no eran tus manos, sus ojos no eran tus ojos, su pecho no era tu pecho, sus nalgas no eran tus nalgas, su cintura no era tu cintura y su sexo no era tu sexo erecto. Por eso escribí este poema:

Yo soy el condenado que ha perdido su gracia en el cuenco del amor profano. Dios sonríe con sus labios que no le cantan a mi vida. Hay un martillo cayendo sobre mis clavos desatando el grito de mi oxidada garganta, el cansancio de mis plantas que han de llevar mi cuerpo amortajado. Yo soy el hijo de Adán que no ha querido el pecado de Eva. Me he sepultado en la misma tierra de mi sexo dormido y me he acostado en la mortaja de mi mismo género.

No sé cómo alguien puede decir que estar con una mujer es la razón de su sanación, una falacia de su autoengaño. Se niegan a sí mismos, como uno que otro profesor que tuve; frecuentaban en la "clandestinidad" lugares gais mientras tenían esposas e hijos (quienes piensen que sólo iban por ir, el paraíso de los ingenuos es para ellos). Yo desde ahora en cuaresma de mujeres, no para los hombres, que no es por nada, pero la gracia de la naturaleza me hizo atractivo e inteligente, y en esos adjetivos la dejamos.

"Soy el orgullo de mi abuela
que es la vergüenza de mi familia
nos llamáis las ovejas negras
los raros los perdedores
el último de la fila, el patito feo, los traidores
pero somos la mirada encendida
en vuestros ojos apagados
un nudo en la garganta
las cuerdas vocales de los callados[55]".

https://www.youtube.com/watch?v=SVafebQkC_k

¿Qué fuimos en las madrugadas de octubre? Aquellas que vivimos en el departamento de Boyacá, ese que compartimos con Paula y Jessica. Después de casi ya dos años de dejarnos… ¿Somos algo más que bocanadas de cigarrillos fumados en un balcón?

Recuerdo que antes de ir al departamento pasamos a tomar un tinto en Juan Valdez. Era como una mañana pintada en acuarela, donde lo más reluciente eran nuestras risas; era una mañana donde parecía que todos querían hacer algo para ser más felices, nuestros ojos se hacían cómplices para ayudarnos a hacer al amor con la mirada, por eso por más que intentáramos ser discretos no podíamos ocultar que nos amábamos. ¿Alguna vez has visto a una pareja de enamorados y cómo se miran uno a otro? Es un espectáculo fantástico digno de las maravillas de la vida, que sorprende por cosas pensadas e impensadas. En esas miradas se descubre el amor verdadero, porque las miradas revelan lo que callan las palabras.

"Mi corazón, me está haciendo pedazos el alma
Hay corazón, ya me dijo, que no, no me ama
Pero hay corazón, ya no insistas, me partes el alma
Hay corazón, si no entiendes, por qué no te callas
Si no entiendes, ¿por qué no te callas?
Si no entiendes, ¿por qué no te callas?[56]".

https://www.youtube.com/watch?v=Au0gQBrGJJQ

DE: ‹MANUEL SALVATIERRA› PARA ‹RAÚL AYALA›

He encontrado la rosa que tomé de recuerdo del ramo que te regalé. La encontré dentro del catálogo de pinturas de Botero; creo que por eso se salvó de ser quemada.

Aquel día adorné la recámara con globos rojos en forma de corazón con frases en español e inglés. Puse sábanas rojas en medio de la cama, el ramo de rosas, una botella de vino y chocolates. Lo hice porque te enojaste por quedarme dormido y no bajar a abrir la puerta y faltar a nuestro primer baile. Siempre he dicho que fue lo mejor. Después de la lectura de las cartas me hice un tanto esotérico. Mientras dormía soñé que te apuñalaban en la calle después de que regresamos de bailar, así que fue lo mejor. Tú regresaste al departamento de tu tío. Al día siguiente fuimos a buscarte con Paula y Jessica, ni ellas que eran tus amigas recordaban tu dirección. Yo les dije cuál era. Ellas subieron por ti y con su poder de persuasión, Paula hizo que bajaras y te subieron al auto casi secuestrado. Íbamos los dos en la parte trasera del auto cuando Paula dijo —parce, no se van a saludar. Entonces nos acercamos y nos abrazamos y el enojo se te fue pasando, sobre todo después de que te explicamos que no fue una broma de mal gusto para no abrirte.

Cuando entraste a la recámara viste todo arreglado con colores diferentes. Tenías una sonrisa y una felicidad que no te había visto antes. Pedimos comida italiana, bebimos vino, reímos, cantamos y tuvimos uno de nuestros mejores polvos; nos vertimos vino por el cuerpo. He intentado rehacer la escena, pero no me ha sabido igual, no me ha sabido a ti, ni a nosotros ni a nuestra historia.

Curiosamente, la rosa que yo guardé sigue intacta, aún tiene su color, no sé cómo, pero recordé lo que decía mi tía abuela, que las rosas que se dan con amor tardan mucho en marchitarse —cuando el amor de la persona es muy grande lo hacen hasta que ese mismo amor se termina—. Por eso creo que aún no se marchita, porque aún te sigo amando.

"Dos gardenias para ti
con ellas quiero decir
te quiero, te adoro, mi vida
ponle a todas tus atención
que serán tu corazón y el mío.
Pero si un atardecer
las gardenias de mi amor se mueren
es porque han adivinado
que tu amor me ha atraicionado
porque existe otro querer[57]".

https://www.youtube.com/watch?v=0sw6-7awQ0I

Siempre me habían preguntado que si no me daba miedo viajar a Colombia después del viaje, que si no me dio miedo estar allá o si me pasó algo. Y sí, sí pasó algo, pero por ser mexicano "ya estaba curado de espanto". Hace mucho que México se había colombianizado, como diría en su momento Carlos Fuentes. A mis 17 años a escasos metros de mí asesinaron a un hombre. Nunca había olido tan cerca un disparo. Esa vez fue la primera que estuve en contacto con la violencia. Mi instinto de sobrevivencia me hizo correr hacía un McDonald's. Mi camisa era negra, pero aun así se veía la sangre que me había salpicado del muerto. En Colombia fue un tanto diferente, pues nosotros nos sentamos adentro de aquel Juan Valdez y una moto con dos hombres entró por una calle donde nada más es para peatones, pero en esas cosas y en Colombia no importan las reglas de vialidad. Lo único que me sorprendió fue que no llevaran la cara cubierta, era como si quisieran que los vieran. Asesinaron a un hombre de traje. Uno de los de la moto se bajó como si nada a recoger el maletín del asesinado y, como película de mala comedia, se fijó si se había terminado el tinto. Nadie se inmutó o movió en todo ese rato, únicamente los del fondo pudimos ver la escena, pues después supe ya que se fueron los de la moto, que nadie puede quedarse conociendo a los sicarios, nada más pueden ver al difuntico o el "muñeco", como decía un colombiano con acento de Medellín.

Creo que eso lo iba a contar en un capítulo de la novela, ya no sé cuál es la literaria, si la de tercera persona o la de las cartas. A veces siento que en la primera ficciono, mientras que en la otra hablo autobiográficamente. Por lo menos a las cartas les he quitado las fechas para que sean atemporales, para que el tiempo conserve su vigencia y lo que pueden hacer los fanatismos. Pero eso sí, espero nunca tener que volver a leer esta novela, porque las letras de ahora son para cerrar los surcos de las heridas de ahora. Después pueden abrir esos mismos surcos, brotando un hilo de sangre como el de América Latina.

"No vengo a pedirte amores,
ya no quiero tu cariño.
Si una vez te amé en la vida,
no lo vuelvas a decir.
Ahí te dejo mi desprecio
yo que tanto te adoraba
pa' que veas cuál es el precio
de las leyes del querer[58]*".*

https://www.youtube.com/watch?v=SCpHchq-eN0

DE: ‹MANUEL SALVATIERRA› PARA ‹RAÚL AYALA›

Hoy Andrea me ha dicho que has regresado a Pereira, que ya no puedes seguir en Bogotá pagando tu maestría. No hay ningún trabajo que te ayude a hacerlo. También me ha dicho que te han liberado de las investigaciones sobre la muerte de Miguel por falta de pruebas, o mejor dicho, ser gay no puede ser una prueba de ser un asesino.

¿Será un mensaje para cambiar tu manera de pensar o seguirás en ese fanatismo que ya no sé si es religioso o no? Sólo sé que tú asumes que tienes la verdad absoluta y el resto del mundo está equivocado. A veces me pregunto qué hacía yo siendo tan liberal de pensamiento como político con una persona como tú. Nada más faltaba que votaras por "Centro Democrático", que, por mucho que diga que es liberal, es un partido conservador de extrema derecha. Siempre he estado en contra del radicalismo: los nacionalismos, fanatismos religiosos, conservadurismo de izquierdas o de derechas que ha habido en toda la historia de la humanidad y que han demostrado en catástrofes todo lo mal que pueden llegar a hacer. En los primeros meses en que me dejaste devastado comencé a leer *La puta de Babilonia* de Fernando Vallejo y el cristianismo también ha entrado en la categoría de fanatismo; los horrores en nombre de Dios han sido inefables, tanto que se pueden comparar con el Holocausto Judío, éste a raíz de un fanatismo nacionalista. Por eso espero que algo rompa esa burbuja de negrura que hay ti y comiences a ser otro.

"Y por más que intento ya no entiendo nada de esta vida
loca, loca, loca
con su loca realidad que se ha vuelto loca, loca, loca por
buscar otro lugar[59]".

https://www.youtube.com/watch?v=DTqKYhvsHXc

DE: ‹MANUEL SALVATIERRA› PARA ‹RAÚL AYALA›

Hay veces en que tener buena memoria no es buena amiga y hay que resistir sus embates, eso yo lo sé muy bien. Hoy es unos de eso días en que tengo que resistir sus embestidas. En un libro que no hojeaba desde hace mucho tiempo apareció, dentro de él, una fotografía donde estoy vestido de charro y me acompañan unos mariachis. Tengo ahora tan vívida esa madrugada en que te llevé serenata, te canté aquella canción *Serenata de amor*. Todo era entonces perfecto para ambos, el frío nos gustaba, el calor nos gustaba, el día nos enamoraba, al igual que la noche, las hojas que movía el viento nos silbaban boleros que no podían ser más románticos que nosotros. Saliste corriendo hasta la puerta, me tomaste en tus brazos y me cargaste, dándome una vuelta junto con un beso. Nada importaba, ni siquiera el "papa" te hubiera detenido a ser feliz, eso lo hiciste tú después. Tú detuviste tu felicidad, y no por dejarme, sino por traicionarte a ti mismo, por quedarte vacío sin ti, sin saber qué hacer más que perdiéndote cada día en un abismo que tú mismo hiciste, bordeándote en una isla, apartándote de la realidad y del progreso.

Naufragando estás, como Colombia lo hizo en aquellos años en los que nacimos, tú un poquito antes. Te perdiste como tu patria, sin saber qué día iba recuperar la verde vida que la describe. Hoy así estás tú, pero de manera diferente. Al contrario que tú, en aquellos años mi colombita (hoy también es mía) no se perdió en la fatalidad porque quiso, su cielo se pintó de rojo, al igual que toda su tierra; sobrevivió y sobrevivirá, ya que es fuerte. ¿Y tú sobrevivirás a tu cataclismo?

"Dicen que con el tiempo los recuerdos se esfuman se ahonda en el olvido lo que fue una pasión mentira, cuando mueras y bajas a mi tumba verás que aún por ti arde la llama de mi amor[60]".

https://www.youtube.com/watch?v=zdwABf2TWnM

DE: <MANUEL SALVATIERRA> PARA <RAÚL AYALA>

Subimos a la iglesia de "Monserrate" una mañana tan fresca y apacible que hacía pensar que el viento tocaba las notas más bellas del piano de la vida. Almorzamos en la esquina del departamento en un "desayunadero": empanadas de carne, tamales, un tinto y buñuelos. Tal vez yo coma poco o simplemente pienso que los colombianos comen demasiado, con más abundancia que los mexicanos. Pero eso sí, su comida es carente de chile o de ají. El picante es algo primordial en México, sobre todo en el sursureste, que es donde seda esa raza negra, bravía, costeña, arisca, que adereza la vida "con el chile a mordida", como practicando para los jirones de la vida.

Llegamos a la casilla de pago para subir en teleférico a la iglesia. Me tomaste de la mano y me constaste por qué íbamos a subir —te traje aquí porque cuentan que los novios que suben juntos y bajan juntos jamás se dejan—, me dijiste, pues para siempre me querías querer, hasta que ya no rimaste con mi poesía. Al estar allá fue un recorrido entre miradas furtivas y sonrisas que nos dejaban al descubierto. Nos besamos a cada momento en que desaparecían las miradas viperinas llenas de envidia, mientras nosotros, como niños que se han dado cuenta de que los mayores no ven, volteábamos a comer del maná en nuestros labios arropados por la gracia del amor de Dios, ya que amor es amor y el vuestro tan puro como los paisajes verdes que vimos esa mañana. ¡Ay, señor caído de Monserrate! Qué no diera yo por saber por qué no se cumplió aquello. Tal vez así son las leyendas, por muy bonitas que sean nada más son leyendas y no hay veladora que haga que se cumpla ni me alivie de su tribulación.

"Desde entonces no podré borrarte de mis noches,
Desde entonces no hay un sitio donde no se encuentre tu voz, mi amor
No hay un verso donde no esté grabado tu nombre,
Dios del cielo yo pregunto si esto que siento no es amor, Señor[61]".

https://www.youtube.com/watch?v=ZTV4tf_IKAQ

MANUEL SALVATIERRA

DE: <MANUEL SALVATIERRA> PARA <RAÚL AYALA>

Hoy en la mañana conocí al Doctor Fabián Jiménez, quien me atenderá, un profesional en toda la palabra según sus credenciales. Mi antiguo médico se jubiló, recomendándomelo, al igual que cambiar mis hábitos alimenticios, dado que mi malestar de presión es por una alimentación irregular, desvelos y estrés; si se eliminan tendré una mejor salud y mi presión normal de vuelta. El Doctor Fabián es súper majísimo. Me hizo un examen de rutina, persuadiéndome a hacer un programa de desintoxicación e ir al gimnasio, que las personas de mi edad comienzan a ir. Antes de regresar a mi casa fui a inscribirme al gimnasio y volví a sacar mis discos para hacer yoga. Tuve que comprar un adaptador para discos, pues ya no se usan. También compré un tapete de yoga porque desde hace mucho no practico.

Estoy muy contento, a pesar de que recuerdo que opinas que el yoga es una práctica para que los demonios te roben tu alma cuando está uno en trance, y que oras para que lo deje de hacer y no me siga hundiendo en ese abismo de pecado. Ahora que lo pienso… ¿Por qué me sigues respondiendo si soy un pecador? ¿Acaso quieres convencerme de que deje de ser gay?

"Te juro que no puedo fracasar
estoy cansado de tanto esperar
y estoy seguro que mi suerte cambiará.
¿Y cuándo será?
Pronto llegará
el día de mi suerte
sé que antes de mi muerte
seguro que mi suerte cambiará[62]".

https://www.youtube.com/watch?v=CQC2QoJHCuk

"El lunario" es un lugar situado en Bogotá. Ahí fuimos con Paula y Jessica en una tarde que se hizo noche a causa de que queríamos ver las lunas y sus estrellas. Entonces descubrimos por qué se llamaba así aquel lugar, entre una combinación de lo hippie y lo *vintage*. Había una chica sumamente hermosa, la mesera, mis ojos no dejaban de mirarla; eso me sucede cuando creo que una persona de la vida real puede ser un personaje de novela, pero curiosamente te encelaste a causa de que le dije que era muy bella, que su mirada era la más fina que puede tener una mujer —Ya se puede ir, ya estamos muy bien—, le dijiste. No volviste a hablar hasta que Paula propuso que jugáramos. Nos sentamos en círculo en una especie de salita japonesa.

Cuando llegamos al departamento me tomaste del brazo, me volteaste preguntándome si realmente te quería, un "por qué". Tuviste por respuesta —Te vi como mirabas a aquella mujer—. Atiné a besarte, apagué las luces, abrí las cortinas y las ventanas, las primeras para que la luz de Luna alumbrara tu contorno, las segundas para que el aire silbara sobre tu apeñuscada piel blanca. Acto seguido te despojé de cada una de tus ropas. Mis manos fueron provocando el volcán de tu carne, mi lengua anidó sobre tus belfos, abrazado a tu cintura probé los murmullos de cada lunar sobre tu cuello, serpenteando deslicé mi mástil sobre tus muslos macizos, a continuación tus caderas ondularon cadenciosamente mi virilidad. Parados frente a la ventana me sumergí más y más, hasta parecer pulpo que ha perdido su tinta. Luego, sin darnos tregua, hiciste que yo saliera como jinete al ruedo por tu espada lisonjera, y en tu ánimo de torero cedí a tu experiencia de picador. Morí como toro rabón, dando un buen combate sobre cada estocada tuya en el laberinto inescrutable de mi cuerpo. En definitiva, esa fue mejor respuesta que cualquiera con palabras.

"Una noche, brotó en mi guitarra
esta zamba que hoy canto por vos.
y al tocarla, mis manos calladas
sentí que temblaban, temblaban de amor.
Caprichoso ramal del destino
que a mi vida te quiso traer
como anclado de un sueño perdido
que en tus labios tibios yo vi florecer[63]*".*

https://www.youtube.com/watch?v=XTGFW8hKsOw

DE: <MANUEL SALVATIERRA> PARA <RAÚL AYALA>

Aquel día amaneció diáfano después de la tormenta de la madrugada anterior. En la mañana primero fuimos al Museo Nacional de Bogotá, nos quedaba muy cerca y nos fuimos caminando por toda la acera, viendo a las personas pasar para después mirarnos e intentar adivinar a qué se dedicaban. Era como un juego de narradores omniscientes. En el museo encontramos cuadros de Botero. Era uno de mis grandes sueños ver un cuadro de Fernando Botero, sueño que cumplí al lado tuyo. En cada cuadro, en cada escultura y en cada rincón me tomabas fotos para el recuerdo, fotos que hoy ya no existen, pues las quemé pensando que con el humo te irías tú también.

Volvimos a salir a mediodía, llevamos a "Paco" al parque Simón Bolívar. Ese día fue muy primaveral, lleno de colores que eran nuestros propios colores, fue de una luz que parecía que únicamente nos alumbraba a nosotros, de sonidos rítmicos que acompañaban a nuestras voces y risas. Nos sentamos en el pasto mientras nuestro perro corría, en ese momento pensábamos que la felicidad era constante, que nunca se detendría, que siempre serías tú y yo, yo y tú, hasta que ya no fuimos porque todo es complementario, y si no hubiera tristeza, la felicidad se autonegaría, o al revés, una sostiene la existencia de la otra. Hoy lo sé, pero ¿cuándo volverá la felicidad que mi vida sigue en vilo?

"En un rincón del alma
también guardo el fracaso
que el tiempo me brindó,
lo condeno en silencio
a buscar un consuelo
para mi corazón.
Me parece mentira,
después de haber querido
como he querido yo,
me parece mentira
encontrarme tan solo
como me encuentro hoy,
de qué sirve la vida
si a un poco de alegría,
le sigue un gran dolor...[64]*".*

https://www.youtube.com/watch?v=iy5LiGOCoTA

DE: <MANUEL SALVATIERRA> PARA <RAÚL AYALA>

El idioma también eres tú. Hay algo que une más que otras cosas a la mayoría de los habitantes de países latinoamericanos y eso es el español. Ni siquiera Europa, que me gusta bastante, puede decir que la une algo tan grande como un idioma. Contigo aprendí que hay más de un español; uno es el mexicano, otro el colombiano, otro el peruano, el cubano, etc. Pero que, en el final, en el principio se entienden y se enlazan.

Vosotros fuimos incrustándonos a través de las palabras puestas en cada oración, nos enamorábamos en tu hablar "paisa" y en mi hablar acapulqueño, también en la neutralidad de nuestro idioma, como, a su vez, en las metáforas del mismo echo poesía. Eso mitigaba los meses en que estábamos separados porque hubiera sido difícil intentar expresar por teléfono todo en un idioma, por ejemplo, como el inglés, que es fofo, soso y no puede expresar todo lo que condensa el español. Y aunque dicen que el idioma del amor es el francés, a mí me gusta amar en mi idioma, desenfrenarme con él, perderme en su resonancia, en su ritmo, en su sonoridad, en su fuerza; es el mejor para expresar emociones, ira, amor, pasión, deseo. Este idioma hace que sintamos igual con pocas o muchas palabras, "prende la vela" de la vida, y cuando ésta también se apaga, hace que hasta la muerte amemos, odiándola a la vez, tanto es así que nada representa mejor el caos y la felicidad.

"Un amor que se me fue,
otro amor que me olvidó,
por el mundo yo voy penando,
amorcito quien te arrullará
Pobrecito que perdió su nido,
sin hallar abrigo muy solito va[65]*".*

https://www.youtube.com/watch?v=vh7-O6Q8_BY

DE: ‹MANUEL SALVATIERRA› PARA ‹RAÚL AYALA›

El Hotel Americano Plus está ubicado en la carrera 5° n°17-29, bueno, más que hotel, nosotros en México le diríamos hostal. Es agradable para una pareja de jóvenes que buscaban privacidad y no tener muchas miradas de otros huéspedes. El día que llegamos estabas pálido, no sabías cómo explicarle a la dueña que querías una habitación con una sola cama para dos personas que eran hombres, pero ella, al vernos, advirtió que queríamos estar juntos. Eso lo supimos de viva voz días más tardes, cuando nos hicimos amigos de ella y de su sobrina. Se nos notaba que nos amábamos.

Todo nos quedaba cerca: la comida, el bar de rock de Andrea, las pizzas, los bancos. Caminábamos por todo el centro histórico hasta cansarnos y nos sentábamos a mirar la tarde. Lo único que nos quedaba lejos era el cine que veíamos cerca a tu casa. Mientras estuvimos ahí fuimos a todos los bares gais, aunque en aquel momento, como ahora sigo diciendo lo mismo, yo soy más de un café o de ir a un bistró donde pueda tomar vino o algo así. Como dicen los políticos de ahora, a un lugar fifí y tranquilo donde puedas bailar una música suave.

Ese hotelito es parte de nuestra historia. Ahí en sus paredes nos guarda nuestros recuerdos, nuestras risas, canciones cantadas al aire, el silencio para mirarnos así por horas, ¿o eso fue en otra ciudad? Ya no lo recuerdo. Tal vez en veinte años ya no estará ese lugar, qué más da si hoy tampoco ya no estamos, ni en esos veinte años seremos igual. Porque el tiempo es así, voraz para cuando quiere borrar todo, pero torpe cuando quiere eternizar algo entre las sombras de su camino. Ojalá que lo primero llegue rápido y me arrebate de la memoria como huracán llevándose todo a su paso. *"I love the rain… It sweeps memories on the sidewalk of life"*, dice Woody Allen en Sueños de un seductor.

"Sé que es imposible nuestro amor
si en la vida tarde lo ocultó
hoy llevamos sangrando la herida, de una flor sin vida en el corazón
tanta angustia busca una esperanza, que alivie mi amarga desesperación
dejaste clavada en mi alma la fe de tus sueños y tu amor
vive aún en mi pecho encendido como un ave sin nido que llora su dolor[66]".

https://www.youtube.com/watch?v=L76W6w20Knw

Las escaleras, los largos caminos dificultosos no nos cansaban. Íbamos y veníamos de un lado a otro disfrutando de la efervescencia de "la primavera Lgtbi", que se había conseguido cuando Marcelo Ebrard fue jefe de Gobierno de la Ciudad de México. Fue una lucha que iniciaron Carlos Monsiváis, Nancy Cárdenas y Luis González de Alba, y esa lucha se ganó en aquel lejano 1975. Aún estabas en México, Raúl, me llamaste para saber si iba a ir a la marcha gay, que debería estar ahí —tu país es súper chévere, vamos juntos y festejemos con tequila, que hoy soy mexicano —. Me convenciste.

Aún no nos habíamos hecho novios, pero nos mirábamos como si ya lo fuéramos, tanto que en cada esquina que encontrábamos amigos nos preguntaban si ya lo éramos; ya lo parecíamos, nos decían. No sé, pero ambos sabíamos que nos gustábamos, pero tú me lo dijiste después de que regresaste a Colombia, pero aun así aquel día lo disfrutamos mucho. Queríamos buscar algo para ser más felices porque así era aquello: tratar de ser más felices. De alguna forma poseíamos una libertad que a generaciones anteriores les negaron. Ese día podíamos ser nosotros sin ocultarnos, no sólo tú y yo, también todas las personas que amábamos de otra forma, a la convencional.

Hoy para ti, la Ciudad de México es como la Sodoma y Gomorra de nuestra historia. En alguna carta de contestación me dijiste: "Lamentó haberle hecho caso a mi maestro de geopolítica de irme a México, si me hubiera ido a Perú no te hubiera conocido, no me hubiera hundido en tu mundo de libertinaje y perversión". Cuando lo leí sonaba igual que ahora, como misa católica. Yo también he pensado en eso, pero a veces creo que es cierto lo que dicen que algunas personas están destinas a conocerse, que tienen una línea en su mano que los une y no permite que se olviden aun con el paso del tiempo...

"Y absurdamente en cada pensamiento
te encuentro irremediablemente a ti
y si alguien me pregunta siempre miento,
fingiendo que es posible ser feliz.
Con falso olvido voy negando tu historia,
aunque vivo deseando en realidad
que un golpe repentino me borre la memoria
y así dejar todo el dolor detrás[67]".

https://www.youtube.com/watch?v=uLWJ7O3p7V4

DE: <MANUEL SALVATIERRA> PARA <RAÚL AYALA>

Lo inmenso, ambos. A los lados el mundo y abajo estaba Bogotá. Así nos sentíamos en el "Colpatria". Ahí nos besamos como si no tuviéramos miedo, como si cualquiera que estuviera ahí nos pudiera respetar con naturalidad ancestral. Ese día caminamos de tu departamento hacia allá para que subiéramos al mirador más alto de la ciudad. Tu tío había salido de vacaciones, así que aprovechamos esos días para estar ahí, lo más cerca de Chapinero y sus lugares nocturnos. Ese día en el "Colpatria" pude ver la neblina sobre Bogotá y sus edificios. Esa neblina es poca para lo que hoy cubre a mi corazón. ¿Cuánto ha de quedar de mí en las sombras de la jungla de la vida? No lo sé y las cartas son sólo un hormiguero de letras rememorando el pasado que se niega a morir.

"Hablo con dejo de otros mares
y ya no sé qué arenas
guardarán secretas,
aquel pequeño puñado de historias que fui[68]".

https://www.youtube.com/watch?v=lNQNs1uZ6iE

DE: ‹MANUEL SALVATIERRA› PARA ‹RAÚL AYALA›

El último día que estuve en Colombia contigo pasamos al "Café Babilonia". Quién diría que después de aquel tinto ya no volveríamos a tomar uno juntos. En medio de la mesa había una rosa y una vela apagada que prendiste con el mechero. Me diste recomendaciones para cuando llegara a Bogotá, pues me tocó regresar en autobús. Ahí estábamos empezando la despedida. Aquel café está en la casa más antigua de Pereira, construida en 1892, así me parece de antigua nuestra historia. Nos tomamos también nuestra última fotografía y secretamente nos dimos el último beso, las últimas miradas, las últimas sonrisas, los últimos suspiros que después fueron las metáforas de la separación inminente.

Tomamos un taxi para ir a la terminal y por la ventana miré todos esos lugares por donde anduvimos juntos. Cuando nos despedimos hubiera querido saber que sería la última vez que te vería, te hubiera besado tan locamente y te hubiera abrazado fuerte, pero mejor me hubiera gustado decirte no me voy, me quedo contigo, aquí contigo, pero tenía que regresar. Son de esas cosas que no sabes por qué son inevitables.

"Hay dos días en la vida
para los que no nací
dos momentos en la vida
que no existen para mí,
ciertas cosas en la vida
no se hicieron para mí
hay dos días en la vida
para los que no nací[69]*".*

https://www.youtube.com/watch?v=xBNOiNkDRSs

XX

Manuel Salvatierra estaba parado frente aquella iglesia de Pereira, a la cual siempre había querido entrar, pero que Raúl Ayala casi le prohibió mencionar, pues en aquel viaje a él le tocaba decidir a dónde irían. En la oscuridad se le abrió la puerta para que entrara. Al hacerlo vio en vez de altar un sicomoro enorme que llevaba su nombre, pero no tuvo miedo. Se sentó en una banca a contemplarlo, intentando averiguar por qué llevaba su nombre, cuando, de pronto, del medio de la higuera, de arriba abajo, brotó un venero de agua que arrancó el letrero con su nombre y continuó su camino, llevándoselo por en medio de la iglesia hasta que salió. Una luz le señaló el agua como diciéndole que la siguiera. Cuando por fin salió, se halló ante una especie de alter ego sembrando un árbol a la orilla de un río. Se sorprendió cuando vio que lo sembraba sobre los restos de otro Manuel Salvatierra. Cuando vio que terminó, intentó acercarse, pero el alter ego se convirtió en un colibrí que se fue volando.

Manuel Salvatierra se despertó sobresaltado con el sueño que tuvo. Intentaba descifrarlo todavía acostado en su cama mirando al techo. Mucho tiempo había pasado desde que Raúl lo abandonó y lo dejó en el altar. «¿Qué significaba aquello?», se preguntaba. Se levantó y después de tanto tiempo se afeitó el rostro, aseó su recámara, desayunó y volvió a abrir su estudio, que había cerrado durante su depresión. Se dispuso a arreglarlo y encontró la caja que le envió Raúl devolviéndole los regalos que él le dio mientras estuvieron juntos. La abrió y al ver aquello recordó cómo se había tirado en el alcohol para llenar un vacío que en realidad estaba repleto de llenura, y es por eso que jamás se sentía lleno. También se vio tirado sobre su taza de baño, vomitando ebrio entre el suelo y su miseria. Todo cobró sentido, el sueño lleno de surrealismo; era hora de ser agua y fluir para que naciera una nueva versión de sí mismo. Tomó su teléfono y compró un boleto para el Tíbet, pues había que perderse para encontrarse, escuchar el silencio. Y qué mejor que en un lugar donde no puedes hablar porque no es tu idioma, sólo puedes oír y contemplar el ulular de la vida. Manuel Salvatierra había llegado a su punto más bajo, o, como dijeran los existencialistas, nada sucede hasta que tocas fondo, sólo que esta vez era para salir de él.

DE: ‹MANUEL SALVATIERRA› PARA ‹RAÚL AYALA›

El destino es escurridizo y los personajes de la novela a la que quería darle un final feliz han sido una crónica de una separación anunciada. Y yo, al igual que el personaje que soy yo y no soy, he decidido que hay batallas que se pueden ganar, mientras que otras se pierden. Ya he contado todo lo que he querido contar, he llorado hasta lo que no está permitido, muy tarde o a tiempo, eso nunca se sabe. He comprendido que hoy mi guerra no es ya contra ti ni contra tus creencias, hoy he entendido que las "cuentas pendientes" no eran contigo, que la cuenta que es larga tengo que pagármela a mí.

El Dr. Fabián me llevó hace cinco días a un ashram budista. Siempre creí que era una religión, en realidad sólo en algunos lugares, pero es una filosofía de vida, de la cual supe que la religión no es sinonimia de espiritualidad. Al entrar era un ambiente extraño para mí, pero en sí muy apacible, todos estaban de blanco, al igual que nosotros. El doctor me había dicho que fuera de manta, que era una ronda de meditación. Me impresionó mucho cuando un monje se acercó a saludarnos; me dijo con tan sólo verme que yo había dejado que mi karma se ensuciara y que era oscuro.

Cuando estaba ahí meditando tuve una especie de epifanía en la cual me perdía en un laberinto. Vi al mismo monje de la entrada diciéndome tienes que encontrarte. No sabía qué quería decir porque en un laberinto lo que buscas es la salida. Cuando me vi frente a un espejo me caí sobre él, pero no se rompió. Abrí los ojos. No sé cuánto tiempo estuve en ese trance, pero todos ya se habían levantado. Salí a buscar a mi doctor para preguntarle qué es lo que tenía el té que habíamos tomado antes de la meditación. En un pasillo de esa gran casa me encontré nuevamente al monje, que me hizo una especie de reverencia oriental. Le pregunté qué ingredientes tenía el té, a lo que me respondió es nada más té verde. —Sé que no crees lo que has visto—, me dijo señalándome una salita como de esas películas chinas donde uno se sienta en una almohada a ras de suelo. Le conté toda mi historia. —Necesitas a aprender a estar en silencio, a reconocer que todo lo que está dentro de uno es importante, como dijo Buda, "para apreciar la luz debes conocer la oscuridad", amar a tus días claros y tus días oscuros, debes hacer un camino desconocido para regresar a casa—. Todo tuvo el mejor sentido.

Por eso aquí estoy en el aeropuerto. Voy a hacer un viaje conmigo, recorreré el camino de Santiago de Compostela. Desde el 2012 quería hacerlo y hoy estoy listo. Esta es la última carta, justo hoy que me envías solicitud de seguimiento en Instagram. No sé a qué "hayas regresado" o por qué me enviaste esa solicitud, tal vez tenga que ver con la foto que subiste, según la fecha, hace dos días y con su descripción: "Tal vez lo nuestro sólo fue conocernos". No pienso descubrirlo, porque cuando quieres olvidar a alguien no le escribes. Además, Andrea me ha dicho por e-mail que has dejado de ir a tu terapia de conversión. No sé qué te llevó a hacerlo ni qué harás ahora, no quiero averiguarlo. Hoy únicamente quiero volver conmigo y no volverme a ir. Es cierto que no sé qué me depara el destino después del camino de Santiago de Compostela, de lo único que estoy seguro es que me quedaré en Madrid. Venderé mi auto, mis dos casas y me compraré un piso en esa ciudad, como siempre lo he querido. Por lo que refiere a la novela, que el editor haga lo que quiera; es más, que la publique con otro nombre. Ya me he vaciado de esa historia, ya no me pertenece, siempre debió ser así. Hoy puedes quedarte en paz, que aquí nos olvidamos. Ya puedo continuar mi viaje. Hoy me pago mis "cuentas pendientes".

"Nosotros dos, seremos siempre una cuenta pendiente,
una razón sin olvido un sueño dormido que no morirá,
Nosotros dos somos orillas de la misma herida
y a la distancia seremos palomas perdidas en la oscuridad[70]".

https://www.youtube.com/watch?v=b0nlhpxCXvM

REFERENCIAS:

[1] Kalaff Pérez, Luis. "Aunque me cueste la vida". *Venevox*, 1965.

[2] Jiménez Sandoval, José Alfredo. "Ojalá que te vaya bonito". *Sony Music Entertainment*, 1998.

[3] Sánchez Saldana, José Del Refugio. "Si no te vas". *Culumbia*, 1970.

[4] Contursi, José María. "Cosas olvidadas". *Buenos Aires Sony Music*, 1940.

[5] Záizar Torres, Juan. "Cielo Rojo". *Musart*, 1961.

[6] González, Yayo. "Cuatro lunas". Alfhaville Cinema – Proyecto Pandamónium, 2015.

[7] Arango de Tobón, Graciela. "Mi huella". *Discos Fuentes*, 1967.

[8] Flores, Pedro. "Obsesión". *YOYO USA*, Inc, 1935.

[9] Eleta Almarán, Carlos. "Historia de un amor". *Lanzadera Música SCA*, 1935.

[10] Domínguez, Frank. "Tú me acostumbraste". *Caribe Sound*, 1935.

[11] Jeán, Alejandro. "Perdido en la oscuridad". *Ariola*, 1981.

[12] Cavagnaro, Mario. "La noche de tu ausencia". *Xendra*, 1979.

[13] Yiso, Reinaldo. "Te odio y te quiero". *Antología Musical*, 1959.

[14] Matamoros, Miguel. "Lágrimas negras". *Orfeón*, 1930.

[15] Sánchez Saldana, José Del Refugio. "Fallaste corazón". 1955.

[16] Saravia Rodríguez, José Enrique. "Ansiedad". *World Music Records*, 1955.

[17] Cárdenas, Luis. "He perdido contigo". *Sony Music*, 1994.

[18] Aguilera Valadez, Alberto. "Hasta que te conocí". *RCA Ariola*, 1986.

[19] Escajadillo Farro, José. "Las horas que perdí". *Producciones Iempsa,*1970.

[20] Barros, José. "Pesares". *Diamante*, 1973.

[21] Torres, Mateo. "Amor sin fronteras", *Discos Fuentes*, 1998.

[22] Aguilera Valadez, Alberto. "Se me olvido otra vez". *Sony Music*, 1974.

[23] Valdelamar Ema, Elena. "Devuélveme el corazón". *REMO Records*, 1956.

[24] Gareña, Mario. "Yo me llamo cumbia". *Sonolux*, 1969.

[25] Le Pera, Alfredo. "Cuesta abajo". *RCA Records*, 1934.

²⁶ Rasgado, Jesús. "Naela". *Sony Music*, 1922.

²⁷ Cobián, Juan Carlos. "Nostalgias". *Mansi Producciones S.L*, 1935.

²⁸ Boccadoro Hernández, Miguel Atilio. "Pídeme". *DIAM Music*. 2011.

²⁹ Sansano Cristóbal. "Óyeme". *Sony music*, 1994.

³⁰ Castro Tamara. "Algo quedó de ti". *Marka*, 2006.

³¹ Serrat Teresa, Joan Manuel. "Romance del curro "el palmo". *MBG Music España*, 1993.

³² Záizar Torres, Juan. "Cruz de olvido". *Odeón*, 1975.

³³ Arango, Graciela. "De carne y hueso". *Zafiro*, 1970.

³⁴ Méndez, Federico. "De qué manera te olvido". *Sony Music*, 1969.

³⁵ Luna, Félix. Ramírez, Ariel. "Alfonsina y el mar". *Philips*, 1969.

³⁶ Ramos, Guadalupe. "No te pido más". *Sonolux*, 1987.

³⁷ Vélez Díaz, Leopoldo. "Quién tiene tu amor". *Velvet*, 1958.

³⁸ Lara, Agustín. Lara, María Teresa. "Piensa en mí". *Sony Music*, 1953.

³⁹ Sánchez Saldaña, José del Refugio. "No me toquen ese vals". *Zeida*, 1969.

[40] Giudizi, Eleonora. "Tu vida es tu vida". *Warner Music Spain*, 2011.

[41] Arango, Graciela. "Peor para ti". *Sonolux*, 1970.

[42] Milicota, Jorge. "Zamba de amor en vuelo". *Distribuidora Belgrano Norte S.R.L.*, 2001.

[43] Oñate, Jorge. "Nunca comprendí". *Sony BMG Music Entertainment*, 1990.

[44] Bueno, Suarez, Lenin. "El diario de mi vida". *Pentagon Music*, 1983.

[45] Silva Oliveros, Myrta Blanca. "Qué sabes tú". *Sony Music*, 1941.

[46] Quarantotto, Lucio. Sartori, Francesco. "Por ti volaré". *Sugar Music*, 1957.

[47] Cavagnaro, Mario. "El rosario de mi madre". *Iempsa*, 1961.

[48] De Jesús, Mario. "Y". *Seeco Records, Inc.*, 1950.

[49] Curet Alonso, Catalino. "Puro teatro". *Fania Records*,1968.

[50] Barros, José Benito. "Busco tu recuerdo". *Discos fuentes*,1965.

[51] Carrillo Altamirano, Álvaro. "Un poco más". *RCA*, 1960.

[52] Sánchez, Guillermo. "Cuéntales". Lanzadera Música SCA, 2015.

[53] Monge Ramírez, Jesús. "Cartas marcadas". *Musart*, 1948.

[54] Tejada Gómez, Armando. "Canción de las simples cosas".*Sony Music*, 1972,

[55] Algar, José Luis. Carbonell de las Heras, Daniel. Cuesta, Inma. "Ovejas negras". *Sony Music*, 2019.

[56] Aguilera Valadez, Alberto. "Ya ni insistas corazón". *Ariola Eurodisc*, 1979.

[57] Carrillo, Isola. "Dos gardenias". *Orfeón*, 1945.

[58] Jiménez Sandoval, José Alfredo. "Cuando el destino". *Sony Music Entertainment*, 1952.

[59] Céspedes Rodríguez, Francisco. "Esta vida loca". *Warner Music México*,1997.

[60] Aguirre Pinto, Luis. "Reminiscencias". *Codiscos*, 1968.

[61] Pérez, Álvaro. "Mágico". *Codiscos*, 1992

[62] Colon, Willie. Lavoe, Héctor. "El día de mi suerte". *Warner Music Spain*, 1950.

[63] Milikota, Jorge Omar. "Conjuro". *Distribuidora Belgrano Norte s.r.l.*, 2006.

[64] García Gallo, José Alberto. "En un rincón del alma". *EMI Music Spain*, 1971.

[65] Armendáriz Ventura, Romero. "Senderito de amor". *Peer Music*, 1949.

[66] García, Camilo. Carrasquilla Ramón. "Amor imposible". *Discos victoria*, 1961.

[67] González, José Carlos. "Falso olvido". *Believe SAS*, 2016.

[68] Felipe, Liliana. "La extranjera". *Fonarte Latino*, 2005.

[69] Dones, Cirera, Pau. "Dos días en la vida". *Parlophone Spain*, 2001.

[70] González, Yayo. "Nosotros dos". *Sony Music*, 2016.